空想の海

深緑野分

Nowaki Fukamidori

角川書店

想海の空

Contents

装画
庄野ナホコ

ブックデザイン
青柳奈美

海

そうしてすべてが終わると、荒くれた世界のはずれに、海が生まれた。

その色は誰もが知る海と同じ青だが、深く、光をも飲み込み、
ほとんど黒く見える。
海面は盆のように平たく滑らかで、さざなみひとつ立たない。
水の中にいのちの姿はなくただ静かなだけで、
砂時計よりも遅い速度で、しかし確実に広がり、大きくなっていく。

誰の声も聞こえず、誰の気配も感じず、誰の香りも、誰の視線も、誰の肌も、
もうここにはない。
風が吹く。
だがその風はかつてのようにあなたのうなじを撫《な》でず、あなたの髪を揺らさない。
あなたはもうここにいない。

この世にはがらんどうの新しい海があるだけ。

私はたったひとりで岩の上に立ち、茫洋《ぼうよう》と広がる暗い海を眺めている。


私の足もとには、一艘《そう》の小舟がある。自分で拵《こしら》えた舟だから材料はありあわせで不格好だ。壊れた家から引っ張ってきた板を、何かの重い家具を支えていたらしい錆《さ》びた釘《くぎ》で打ち、反射でぎらぎら光る銀色の板も繋《つな》ぐ。昔見た本物の舟の形を思い出しながら作った不格好な私の相棒は、浮くかどうかも不安だったが、海に押し出してみるとつるりと水を切り、予想外にうまく浮かんだ。けれども私がそこに乗ると隙間から水が少しずつ染みて、結局沈んでしまう。それから何度もやり直して、修理して、やっと私と、ナップザックひとつ分の荷物を乗せて浮かべるようになった。

前の持ち主が誰だったかも忘れてしまった、砂まみれのナイフで、太い木の枝を削って櫂《かい》にする。私は小舟で海へと漕《こ》ぎ出す。

希望は海の先にもないとわかっている。それでも漕ぎ出したのは、他にすることがなかったから。私は風を話し相手に櫂を漕ぐ、海面を叩《たた》けど水はすぐに元の形に戻り、油を塗っていない櫂は次第に水を吸って重くなる。

汗が噴き出し、あっという間に喉《のど》がからからに渇き、ナップザックに詰めた水筒を一本飲み干した。残りの食料と水だけであとどれくらい生き延びられるかは、もう考えないようにしている。私はひと息吐くと舟の端から海に排泄《はいせつ》して、もしかしたら密《ひそ》かに隠れているかもしれないバクテリアが待望の餌に生き返るところを想像する。

海は広く、水平線は遠く、どこかへたどり着けそうもなく、私は櫂を止める。小舟は寂しい木の葉のように揺れる。

その後、私は何度もこの小舟に乗って海へ漕ぎ出した。ある日は炎天に灼《や》かれながら、ある日は月明かりの下で、ある日は降り注ぐ冷たい雨に歯を鳴らしながら、水面に無数の穴が穿《うが》たれては元に戻るのを眺めた。いつだって私が期待しているのは変化だった。けれども海はただたゆたい、少しずつ周囲を浸食していくだけで、何ひとつ変わらない。

石つぶてを投げればほんの束の間波紋が広がり、海面に映る私の顔を歪《ゆが》ませるが、石はすぐに沈み、見えなくなる。残るのは自分の暗い顔だけ。

どこへも繋がっていない海。

がらんどうの海に向かってなぜこんな無意味なことを?

何ができると?

世界は絶えて久しいというのに。

もはや海に何の価値も見出《みいだ》せなくなり、私は小舟にだらしなく座り込むと、記憶、つまり自分自身について、思いを馳《は》せた。

良かったこと、悪かったこと、頭の抽斗《ひきだし》から引っ張り出して矯《た》めつ眇《すが》めつ、浸る。

私という存在。優しかった肉親や旧友たち、代えがたい思い出。

本当に正しいのかもうわからないけれど、美しくするのはもはや勝手だ。

咎《とが》める者はもういない。


しかしやがて己にも飽きる。鏡を覗《のぞ》き込むのも最初のうちは楽しいが、自分以外に何も映らないので、いい加減苛立《いらだ》ってくる。つまらない。知らないものが見たい。私は顔を上げた。

私は櫂をふたたび漕ぎ、岩だらけの岸に戻ると、海に背を向けて歩き出した。海を忘れ、もう二度とここへは戻らないつもりで。


すべてが終わった後、街は生物と同じように死んでいった。

石にも命があるのだと知った。
高いところから崩落し、粉々に砕け、
陽射しに焼かれながらひっそりと息を止める。
けれども風が跡形なく消すまでには、まだまだ長い時間がかかるだろう。
命を落とした都市は止まった砂時計、
ひっくり返す者は誰もいない。

私は誰かが遺《のこ》した荷車を見つけると、水を入れるためのボトルを並べて置き、毛羽立ったいつもの毛布を載せ、持ち手代わりの紐《ひも》を腰にくくって歩き出した。靴はすでに捨ててしまったので、分厚くなった足の皮膚で瓦礫《がれき》の道を踏み行く。目的は特にない。ただ退屈を紛らわすものに出会いたかった。

天井はないが壁だけ残っている建物は、以前は食堂だったのだろう、壊れたテーブルや椅子が倒れたまま放置され、脚の間に缶詰が転がっている。私は缶詰を拾い、荷車に載せて、再び歩き出す。壁にはたくさんの落書きが残っているが、私には読み取れない。瓦礫の下に挟まった赤色の布が風に煽《あお》られて静かに翻る。

誰もいない住居跡、焼け焦げた公園、大勢が集まったのだろう潰《つぶ》れた講堂、崩れた店舗。

私はひとつひとつ覗き、何か真新しいもの、面白いものはないかと探りながら進む。ふと空を仰ぐと時計塔が見える。文字盤は崩落したのか失われ、黒い針は一本折れ、残った一本が右を指している。私は針の言うとおりに右へ向かう。

ひときわ大きな瓦礫の山の向こうに、真ん中が潰れた、緑色の屋根の建物を見つけた。吸い寄せられるように私は荷車を置くと、その建物の門をくぐり、扉を開けた。そして声が漏れた。

そこは図書館だった。無数の本が書架から落ち、足の踏み場もなく積み上がっている。私は喜び勇んで一冊取り上げめくってみたが、そうだ、ここは見知らぬ土地、連なる文字を読むことができない。それどころか、ここには更に他の場所で書かれたらしい書物まで無数にある。何が書いてあるのかさっぱりわからず、すっかり落胆した。

私は先へ進み、再び散策を開始し、あまり壊れていない建物の中に、ビリヤード台やダーツの盤を見つけると、しばらくそこで遊んだ。

キューで球を突き、ダーツを投げ、破れたトランプをいじくって、数日が経った。ビリヤード台に寝そべって惰眠をむさぼっていた私は、はたと目を覚ますと、腹の上に載せていた重い球を床に放って起き上がった。

裸足《はだし》で向かう先は緑の屋根の建物。

私は本の山をまたいで乗り越え、土埃《つちぼこり》まみれの本を拾っては一瞥《いちべつ》して元に戻し、拾っては一瞥して元に戻す行為を繰り返しつつ、書物の森の奥へ奥へと進んだ。そして数百冊を検《あらた》めて、やっと懐かしい文字に出会った。私の言葉だ。

私はその一冊をまるでこの世にひとつしかない宝物のように抱き上げると、脚の折れていないベンチを探して腰かけ、読みはじめた。

きっと、どんな内容でも面白いと感じただろう。ようやく出会えた母国語で書かれた物語だ、以前だったら読み捨てたような物語だったとしても、楽しんだだろう。実際、私はこの本に記された一文字一文字を舐《な》めるように読み、味わい、ページをめくる行為を惜しんだ。

最後の一ページを読み終わり、充実と喪失とがないまぜになった心地で本を閉じた。終わってしまった。物語の結末を読めて嬉《うれ》しいが、途方もなく悲しい。明日《あした》から私は何をしたらいいんだろう？　周辺を見渡した限りでは、母国語で書かれた本は他に見当たらない。

肺がしぼんで小さくなるほど深いため息をつき、顔を上げる。ちょうど割れた窓ガラスの向こうで日が沈むところだった。夕陽は細く赤くあたりを照らし、瓦礫と土埃に埋もれつつある本たちの上に赤い道を作った。

その瞬間、私は明日から何をすべきかを悟った。

私はありったけの本を荷車に積み、来た道を引き返した。海を目指すのだ。あの何もない、からっぽで新しく、生命の汚れを知らずたゆたう、水が充《み》ちているのに干涸《ひか》らびた海を。

骨のない墓場を。

海は変わらずそこにあり、あたりには人の姿も見えず、青黒い水の中に生物はいない。私は荷車に積んだ本を小舟に載せて沖へ出ると、一冊ずつ海へ落としていった。本はごぶっと音を立てて沈み、あっという間に見えなくなる。かまいはしない、次、次と本を落とす。重い装丁の本は泡を立て、小舟が海面を切るたび海は傷口のように白く開いてはすぐに塞《ふさ》がる。

私はまた街で本を拾う。海に舟を出して本を落とす。本が沈み、見えなくなる。本を取りに戻り、また舟を出して本を落とし、沈ませ、また本を落とし、沈ませ……それを何千、何万、何億、何兆回と繰り返した。気が遠くなるほどの時間が経っていた。

今の海はただの青黒い水ではない。もう遺骨のない墓場ではない。

図書館にあった本は、
あらゆる国のあらゆる民族のあらゆる言語で書かれていた。
男が書いた本も、
女が書いた本も、
そのどちらでもない者が書いた本もあった。

私は死を待つばかりの身、他に生きる人は誰ひとりおらず、
本は二度と人の手では開かれない。
もう誰も読まない。
いずれ海は星のすべてを包み、
あの乾いた街も、私を含めたわずかに残ったいのち、微生物さえも飲み込み、
すべてが死に絶えるだろう。
けれどもからっぽだった海はいまや、
大量の本で埋め尽くされている。
いちど沈んだ本が浮かび上がり、

海面を静かに泳いでいる。
汚れも喜びも叫びも嘆きもすべてが一緒くたになり、揺れる。

どこへも繋がっていない新しい海に眠る者は、
この星の民族のすべてでありすべてではない。
インド人であり、アメリカ人であり、コンゴ系イングランド人であり、フランス人であり、ベトナム人であり、ニュージーランドにいるマオリであり、韓国系日本人であり、日系ブラジル人であり、アイヌであり、レバノン人でありユダヤ人でありサウジアラビア人であり、南アフリカ人であり、スラヴ人であり、
あらゆる土地のあらゆる血が流れ、神を愛した者、憎んだ者、孤独な者、幸福な者、不幸な者、平凡な者、傷つけた者と傷つけられた者、無関心な傍観者であり、男であり女でありそのどちらでもあり、

あなたであり、
あなたでない者であり、
あなたが愛した者であり、あなたが憎んだ者であり、その証《あかし》であり、

そのすべてが愛した本であり、
そして誰でもない。

髪を編む

「そろそろ自分で編めるようになったら」

妹の髪をブラシで梳《と》かしてやりながらわたしはわざと溜《た》め息混じりに言った。妹はもう大学生だというのに、今日もヘアアレンジの雑誌を持ってくると、母親の鏡台の前にでんと座って姉であるわたしを後ろに立たせ、かわいらしい髪型でポーズをとるモデルの写真を指さし、こんな風にしてくれと頼むのだ。

「だってさ、わたしがやるとすごく変になるんだもん」

のんびりとした口調で答える妹を鏡越しに見ると、目をつむってすっかりリラックスしている。姉が悪戯《いたずら》心を起こして変な髪型にするかもしれないとか、考えないのだろうか。

「練習しなよ。編みこみなんて簡単なんだから」

「はいはい」

とは言うもののこれはいつもの応酬で、妹が練習なんてするわけないとわかっている。

小学二年生の時、仕事で忙しい両親の代わりに見よう見まねで、まだ幼稚園児だったこの子の髪を整えてやって以来、わたしがずっとこの役目を請け負っている。たぶん、どちらかがひとり暮らしをはじめるか結婚するまで続くのだろう。

窓の外はしとしとと雨が降り続いている。庭先の青い紫陽花《あじさい》がにじんで、まるで絵葉書みたいだった。すぐ目の前の道路を赤い車が横切って、ざざっと水音が立った。居間の方から、つけっぱなしのテレビの音が聞こえてくる。藁《わら》人形に恨む相手の髪を入れるとかどうとか、どうやら今日のワイドショーは怪談特集らしい。夏が近い。

片手で櫛《くし》を取って、持ち手の細い先端で妹の髪を分けると、いつもと違う、家族共同で使っているものではないシャンプーのいい香りが、ふわりと漂った。きっと自分専用のとっておきをお小遣いで買って、洗面所の戸棚にでも隠しているんだろう。たぶん今日はデートだ。髪の束を三つに分け、三つ編みにしながら途中で脇の髪の毛を掬《すく》い取り、編みこんでいく。昔はあんなに柔らかくて細かった質感も、今ではすっかり丈夫な質感に変わっている。

わたしは子供の頃から手先が器用で、自分の髪をいじくるのも、ちまちました作業をするのも好きだった。はじめのうちは、三歳年下の妹に代わって折り紙を折ってやったり、少女漫画雑誌の付録を組み立ててやったりするのは、そんなに苦ではなかった。むしろ両親が褒めてくれるのが嬉《うれ》しいから率先してやっていた。

でも妹がわたしのために何かしてくれたことなんてあっただろうか。

仲は悪くない。誕生日にはプレゼントをくれるし、学生時代にわたしがいい成績をとってくると、自分のことのように喜んで誇らしげにしてくれた。でも妹はなんというかとても自由気ままで、家族のお姫様で、好きなことしかしてないような気がしてしまう。この先もずっとこうだったらどうしよう、お婆さんになっても、妹の真っ白になった髪を編みこんで結い上げて、彼氏とデートに行くのを見送るような、そんな老後だったら。

（あ）

ほんのりと茶味がかった黒髪の中に、きらりと光る筋があった。白髪だ。わたしはもう中学の頃から白髪があったが、やった、ようやくこいつにもできたのだ。

「どうしたの？」

一瞬手を止めると、妹が鏡越しにこちらを見つめ、尋ねてきた。白髪があるよと教えてやるかそれとも放置するか、むしろいっそのこと目立つよう表面に編みこんでやって、隣を歩くだろう彼氏に見つけさせようか。

「……白髪見っけ」

結局、教えてやってしまった。抜いてくれとせがむ妹のためにせっかく生えた白髪を抜いてやり、今度は反対側の髪にとりかかった。優しい姉が嘘《うそ》をつかず教えてやったんだから、お前も少しくらいわたしの役に立ちたまえよ。

たとえば、インク切れしたカラーペンを買ってきてくれるとか。わたしはパッケージデザインの仕事をしているが、まだ入社したばかりなので休日でも手は動かしておきたい。でも雨の日の外出は億劫《おっくう》だ。しかし残念ながら妹は使えない。お使いを頼んだところで覚えていたためしがないのだ。結局言葉にはせず頭の中だけで念じながら、妹の髪を編みこむ。

編み終わった毛先をゴムで結び、アメリカピンで後ろに留めていると、妹がそうだそうだと呟《つぶや》きながら、手に握りしめていたバレッタを差し出した。

「わきのところ、これで留めて。これ、いいやつなんだ」

「いいやつ?」

「願掛けに効くんだよ。大学受験の時もこれをつけたら受かったんだもん」

ああそう言われてみれば確かに、あの日もこの子の髪を編んであげて、この可愛らしい、淡いピンクと赤紫の花がついたバレッタをつけてやったんだった。珍しく弱気な妹に、絶対受かると励ましながら髪を編んだ覚えがある。バレッタを耳のすぐ後ろにつけてやると、妹は鏡を覗《のぞ》き「サンキュー」と満足げに椅子から立ち上がった。

妹が出かけてしまってから、わたしは机に向かい、デザインの本や写真集、読み止《さ》しの小説などを読んで過ごした。

夜になった。両親は帰宅が遅いし、妹も夕食は食べてくると言っていたので、ひとり分のカレーを作っていると、玄関のドアが開く音がした。廊下の様子をうかがってみると、妹が靴を脱いでいる。

「あれ、ご飯いらないんじゃなかったの？」

妹は答えずにそのまま風呂《ふろ》場へ直行してしまった。どうやらデートが失敗したようだ……気にせず、カレーの鍋《なべ》に水とルーを足し、水増しする。やがて部屋着に着替えた妹が濡《ぬ》れた髪をタオルで拭《ふ》きながら戻ってきた。そして居間の椅子に座るなり、「ふられちゃった」と言った。

「絶対脈ありだと思ったんだけどなあ。バレッタの願掛け効かなかった」

「あ、まだ彼氏じゃなかったんだ」

妹はこくんと頷《うなず》くと、椅子の上であぐらをかいた。タオルで髪を乾かすふりをして、目が赤いのを隠そうとしているのはばればれだ。しばらく放っておいて、夕食の支度を進めていると、妹はそうだそうだと呟きながら紙袋をテーブルの上に載せた。

「はい、これ。お姉ちゃんのお使い、ちゃんと覚えてたからね」

「お使いなんて頼んだっけ？」

「頼んだよー、雨の日は億劫だから買ってきてくれって」

紙袋の中を覗くと、そこにはわたしが愛用しているカラーペンが入っていた。しかも欲しかった色が。わたしは目を瞬《しばたた》いて妹を見直した……彼女はテレビを点《つ》け、頭を拭きながらリモコンをいじっている。ふと、この子の髪を編んでいるときに聞こえてきた、ワイドショーの怪談話を思い出した。藁人形に、相手の髪の毛をちょいと仕込む。

髪の毛を編みながら、わたしは妹がカラーペンを買ってきてくれればいいのにと念じた。そして最後は願掛けに効くというバレッタで留めて……。

「わははははっ」

急に笑いがこみあげてきて、妹は驚いてこっちを振り返っている。ああ、そうかあ。

「ごめん、ごめん。でもあんたもたまには役に立つじゃない？」

「人聞き悪いなあ、もとから気が利くんだよわたしは」

妹はちょっと唇を尖《とが》らせていたが、笑いをかみ殺しているようにしか見えない。神様が、新しい彼氏じゃなくてカラーペンを買ってきてほしいという姉の願いごとの方を聞き届けてしまったのだ。それはちょっと申し訳ない。ごめん。少しくらいサービスしてやろうか。

「カレーにゆで卵を乗せたいひとー」

声をかけてやると妹はにこにこと笑って手を挙げた。

「はーい」

まったくこれだから末っ子ってやつは。でもいざというときに使えるアイテムがあるとわかった……あの可愛いバレッタ。これからは負けてばかりじゃないぞ、なんてね。わたしは鼻歌まじりで冷蔵庫から卵をふたつ取り出した。

空へ昇る

土塊《どかい》昇天現象を一番はじめに目撃した人物は、異常と感じただろうか？

古代、あるいは原始の時代に時間を巻き戻してみる。大地に直径二爪《そう》ほどの穴が突如として開き、そこから無数の土塊が浮かび上がり、真っ直《ます》ぐ天へ昇っていく様を見て、驚いた者はひとりでもいただろうか？

百陽年《ようねん》続く星塊《せいかい》哲学学会は百名の天才鬼才異才を有しているが、現在に至っても、この疑問の答えにたどり着いていない。誰かがその疑問をぽつんと呟《つぶや》けば、哲学者たちはぎょっと目を見開いて、天井を見上げたり、爪で苛立《いらだ》たしげに机を叩《たた》いたり、霞煙草《かすみたばこ》の煙をすぱすぱとくゆらせて思案の靄《もや》に包まれたりしたが、抜きん出た才覚を以《もっ》てしても、真相はわからなかった。

「まわりが何ひとつ浮かんでいないのに、急に土だけが空へ浮かんだら、比較の問題から驚くのは予期できる反応だろう」

「そうは言うが、君は生まれてはじめて土塊昇天現象を見た時、驚いたのかね？」

「……いや、何も感じなかった」

「然《しか》り。みなそうだろう。つまり我々は生物として〝最初〟から、あの不可解な現象に馴《な》らされているのだ。つまり遺伝子だ」

「待ちたまえ、〝最初〟とは何だ？　どこを指す？　仮に現象の情報が我々の遺伝子に組み込まれているとしたら、なおのこと〝最初〟があったはずだ。この現象が我々人類にとって奇妙であるからこそ刻み込まれたのだ」

「やれやれ、君たちは遺伝子まで持ち出すのかね。生まれた直後の赤子は陰陽《いんよう》を知らないが、陰陽を見て怖がる子どもはいない。空には陰と陽のふたつの星があり、陰がまわれば夜が来て陽がめぐれば朝が来るのは自然の摂理だと、いつの間にか理解している。ただ日常を過ごすうちに馴れていくだけさ」

「だとしても〝最初〟はあったはずだ。はじまりのないものなどない」

　星塊哲学と正式に名付けられたのは百陽年前だが、この問答、そしてそこから発展した星塊学の基礎は、二千陽年以上も前から続いている。ただ、いつの頃からか学問の道は分かれ、星塊学は星塊哲学、星塊物理学、星塊天文学の三本柱によってそれぞれに考察されるようになった。いずれも基本的には土塊昇天現象を研究するが、土塊学ではなく星塊学という名称がついたのは、浮かび上がった土塊が宇宙へ達し、この惑星のまわりをくるくると回るので、「つちくれなどという矮小《わいしょう》な名前より、宇宙も包括できる規模の名前がよいだろう」という、学会設立当時もっとも著名であったひとりの天才学者の、明るく屈託のない意見のせいだった。

しかし同じ星塊学といえど、交わることはほとんどない。むしろいがみあうばかりで、たとえば「はじめて土塊昇天現象を見た者は異常と感じたか」という疑問に対して、星塊物理学者は「これだから哲学者は」と鼻で笑いがちだった。

「異常と感じたから何だと言うんだ？　そもそも、仮に〝最初の人〟がいるとして、他人が気持ちを読み取れるだろうか？　所詮《しょせん》想像の範囲を出ない。不毛な議論そのものだ」

星塊物理学者たちは、その名がつくよりもずっと前から、観測と数式を用いた理論を使い、人間の感情は考慮しなかった。驚こうが驚くまいが、現象は起きる。日々、世界中のあらゆる場所、あらゆる地面に、大人の指が二本入る程度の小さな穴が穿《うが》たれ、そこから指の先ほどの小さな土塊がふわふわと浮かび上がり、重力を無視して天へ昇っていく。つちくれは大気の層を越え、ついに宇宙へ飛び出すと、極磁石《きょくじしゃく》に吸い付けられるかのように方向を変えて一列に並び、星の周りを囲う細い輪――土塊輪《どかいりん》となって、ゆっくりと回転する。

それはずっと昔、想像も及ばぬくらい遥《はる》か遠い、太古の時代から現在に至るまで、永続的に続いている現象だ。

惑星に住むすべての生物がこの現象に馴れていた。奇妙だなと思いこそすれ、陰はなぜ冷たく、陽はなぜ温かいのか、蟲《むし》はどうして我々と姿形が違うのか、そういった疑問と同じくらいの奇妙さでしかなく、「そういうものだ」と割り切ってしまえば良かった。あるいは、植物を育《はぐく》み時に枯らす陽を畏《おそ》れ敬うように、土が重力に逆らって天へ向かう現象を、神の存在の証《あかし》だと信じればいい。実際、救世主を名乗る男が星の宗教を席巻《せっけん》し、神を決めつけてしまうまで、かなり多くの人々が土塊昇天現象を崇《あが》め奉っていた。この頃はまだ、土塊輪は地上から確認されず、大地の欠片《かけら》が空におわします神のもとへ還《かえ》っているのだと考えるのが自然だった。

ともあれ、いつの時代も疑問を持ち続ける者たちはいた。ごく当たり前の自然現象だと片付けられず、かといって神と重ね濁すこともできなかった彼らは、やがて学問の道を進む。星塊物理学者たちは笑うが、星塊哲学者たちの言う「異常と感じた者」は、一番最初ではないにしても、自分たち自身を指していた。

計測の歴史は古代まで遡《さかのぼ》る。今のところ発見されている古文書の中で最古の記録では、原初の計測法を編み出したのはひとりの測量士だったという。

陽《ひ》に灼《や》けて一面黄色くなった大地に立ち、長く真っ直ぐな棒を片手に、測量士は仲間たちが後ろ歩きで離れていくのをじっと見ていた。棒には玉結びを等間隔にこしらえた紐《ひも》が結んであり、ぴんと張れば土地の長さを測ることができた。

その日も暑かった。サンダル履きの足の甲をこそこそと這《は》う蟻角《ギカク》を払いもせず、測量士はぼんやりしていた。毎日毎日どこぞの地主や行政官に呼ばれては、開墾やら水路増設やらのために広さを測ってばかり。棒を地面に突き刺しては紐で長さを数える、同じことを繰り返す単調な作業にも飽きていたが、この日は特に眠気が強かった。昨晩妙に寝付きが悪く、何度も夢を見ては飛び起き、隣で寝ていた妻が不平を漏らした。

あくびをひとつして、地面に突き立てた棒にそっと体重をかける。角度が歪《ゆが》むから力をかけてはいけないとわかっているが、そうでもしないと眠気でよろめいてしまいそうだ。こくりこくりと船を漕《こ》ぎはじめたその時、がくんと体が傾《かし》いだ。支えにしたせいで棒が折れたのかと、慌てて飛び起きた測量士の目に映ったのは、棒を挿したちょうどその箇所に開いた穴と、そこからふわりふわりと浮かんで、宙へ向かって行こうとする小さな土塊たちだった。

土塊昇天現象自体は測量士も二、三度目にしていたし、土がすっかり抜けて空っぽになった穴は、農地や森の木の根の間、民家の前などで時折見かける。しかし広い広い星の地表のどこに、いつ起きるかもわからなかったし、運がいい者、あるいは運の悪い者が偶然遭遇する程度の頻度であって、まさか自分が挿した棒の根元がちょうど開くなどとは、思いも寄らなかった。

つちくれが穴から浮かべば浮かぶほど、棒の根元はずぶずぶと埋もれていき、まるで土の中にいる何者かに引っ張られているようだった。

測量士は呆然《ぼうぜん》と現象を眺めると、急に行動をはじめた。その猛然とした行動力と変貌《へんぼう》ぶりに、後になって仲間たちは、「あいつは長い眠りからやっと目覚めた獅竜《しりゅう》のようだった」と言った。

「砂だ、砂を測ってくれ！」

測量士は仲間に呼びかけてその場にうずくまると、腰に巻いた道具入れから墨亜《ぼくあ》を出して、棒に線を引いた。穴の縁からどれだけ沈んだかを記録することで、深さを測ろうとしていた。少し沈んでは線を引き、また少し沈んでは線を引く。傍らにいた測量士の友は戸惑いつつも、測量長から預かっていた砂陽計《さようけい》をパチンと開き、測量士の言うとおりにした。砂の落下速度で時間を計る砂陽計は精度が高く、一足《そく》から刻むことができる。

「穴の大きさは二爪。穴が深まる速さは……友よ、今どれほど経《た》った？」

「砂陽計を開いてから三十足だ」

「ということは……」

他の仲間たちが何事かと不審がってふたりを囲み、騒ぎを聞きつけた測量長が駆けつけて怒鳴っても、測量士は穴が深くなる速度を測り続けた。結果、一足——六十足で一周《しゅう》、六十周で一陽間《ようかん》であることはわかっている——につき、穴は一・五爪深くなることがわかった。

後の時代の者は「若干の誤りがある」とすぐに気づくだろう。今は子どもでも、穴の沈降速度は一足につき一・三爪だと知っている。しかし充分な設備のない古代の測量士が、誤差ほんの〇・二爪にまで迫っていたという事実は、評価されるべきだ。

記録によると、測量士は「なぜ沈降の速度を測ろうと思ったのか」という問いに、「昨夜、神からの啓示を受けたのだ」と答えたそうだ。本当にそう言ったのかは定かではなく、記録者がよかれと思って書いたのかもしれない。だがたとえ測量士が本気で神の啓示を受けたと主張したとしても、不思議ではなかった。この頃の一般常識は、神がすべての自然現象を司《つかさど》っているというもので、現代でも有用な数式を編み出した数学者でさえ、万物は神がこしらえ、また人々は神に見守られ、見張られていると考えていた。

「その筋でいくならば、〝土塊昇天現象を一番はじめに目撃した人物は、異常と感じただろうか？〟の問いの答えは簡単だ。つまり〝異常と感じた〟。古代の人間はすべての自然現象を畏れていたから、当然の反応だろう」

とある星塊哲学者の意見は確かにもっともらしく聞こえ、問題は解決したかに思われた。

しかし別の星塊哲学者がまた反論する。

「かもしれない。だが君は〝一番はじめに目撃した〟という問題を解決していない。その人物は異常と感じず、二番目の人物が異常と感じたとしたら？」

「何を、それは屁理屈《へりくつ》だろう！」

「屁理屈などではないさ。二番目でも、百万とんで一番目の人物でも、変わりはないんだから。この命題の最大の要点は〝最初〟であることだよ」

さて、測量士が速度を計測したのち、現象について研究しようとする者が増えはじめた。速度はわかった。では深さはどうだろう？　この穴はどのくらい深くなって、土の放出を終えるのだろうか？

すぐに解決できそうに思える単純なこの疑問は、しかし、この後二千陽年以上経つまで解明されなかった。

最初の測量士も、速度を測るついでに深さを計測しようとした。測量棒は長く、測量士の背丈をゆうに超えていた。けれども棒はどこまでも潜っていく――もういい加減に終わるだろうと思っても、なおも棒の先端はずぶずぶと穴に沈んだ。結局、指の先で棒の頂点をつまみ、穴のふちぎりぎりいっぱいまで耐えたところで、引き抜いた。

その後も大勢の者が、現象を終えて静かになった穴に長い棒や紐を入れ、深さを測ろうとしたが、底にたどり着かなかった。それならばと発明されたばかりの数字や数式を使って、間接的に計測しようと試みる者もいたが、なかなかうまくいかない。たとえば道のりと速度と時間に関係があるように、現象がはじまってから終わるまでの時間を計れば、速度と掛け合わせて長さが求められるはずだった。だが、いかんせん排出の時間が長すぎた。

穴の沈降速度は一足一・三爪、つまり一陽間あたり四六八〇爪——約〇・〇四六八路《ろ》の速さで進む。これはこの世で最も遅い生物、粘蝸牛《ねんかぎゅう》の速度とほぼ同じだった。

そして排出はいつまでもいつまでも続いた。陰が星を一回りする一ヶ陰どころか、陽が星のまわりをひとめぐりする一陽年が経っても、まだまだ土は穴から出続けていた。計測者は根気も人材も金も必要だったが、時間が経過するにしたがって消えていく。家族に愛想を尽かされ、仲間に金を払えず、路頭に迷う者もいた。たとえ途中まではうまく行っても、交替するとはいえ穴を見張り続けなければならない記録者たちは必ず飽きて、どうせ排出はいつまでも終わらないからと、酒を飲みに出かけたり欲を発散しに行ったりした。そして大概、誰も見ていない時間に排出は終わり、誰も記録をしておらず、すべて無駄、すべてはじめからやり直しとなり、計測者は心も折れた。

それでも解決の糸口を探そうとするのが我々という生き物である。

古代から現代まで、現象に居合わせた子どもは、皆だいたい同じことをする。穴の上に手をかざし、天へ向かって真っ直ぐ上昇する土塊の邪魔をするのだ。つちくれは子どものの手のひらにぽこぽことあたり、蟲が逃げ道を求めるように二手に分かれて障害物を避《よ》け、再び一本になって上へと昇っていく。面白がった子どもたちは、家や大衆食堂から鍋《なべ》や水《みず》甕《がめ》などの大きな容器を持ちだしては、穴にかぶせ、土を閉じ込めようとした。けれども土塊は変わらず滾々《こんこん》と湧いて止まらず、いっぱいになった容器はごろんと転がり、自由になった土塊たちはまた天を目指す。

この遊びに着想を得たのが、とある裕福な地主だった。その地主は測量士が死んでからずいぶん経った後に生まれ、幼い頃から高等教育を受けて存分に好奇心を満たすと、いつか自分の力で穴の深さを測りたいという野心を抱くようになった。

地主は穴のまわりに頑丈な建物を作らせて覆い、排出された土塊の総量を計測することにより、穴の深さを調べようとした。これならば、万が一目を離した隙に現象が終わったとしても、土の総排出量を回収できれば計算可能なので、人が肉眼で黙々と見張っているより、ずっと効率がよいはずだと考えられた。ただし問題は、穴がいつどこに開くのかの予知法が、まだ解明されていなかったことだ。

仕方なく地主は、軽い材木と布を組み合わせて、王国の兵士が野営する時に使うようなテントを作り持ち運びできるようにすると、民衆に向かって、道や家の庭に穴が開いたら即座に知らせるようにと、褒美つきのお触れを出した。それからは苦難の連続だった。

穴はなかなか出現しない——晴れの日も雨の日も風の日も地主は穴のことばかり考え、公務がおろそかになった。ようやく報《しら》せがきたと思えば、村人が報酬ほしさに自分で穴を開けたものだったり、火蜥蜴《ひとかげ》の巣穴だったりした。

それでもどうにか本物の穴が開いたとわかると、地主は従者たちやテント持ちやお抱えの数学者などなどを引き連れて、穴の元へ向かった。貧しい民家のまわりはあっという間に大騒ぎになり、住んでいた家族はろくな報酬も持たされずに追い出され、家は地主が休むために整えられた。

穴の中から土塊が音もなく、真っ直ぐに空へ向かっていた。しかも現象がはじまってまだ間もない。地主は目を輝かせながら、テントをかぶせ、地面に杭《くい》を打って固定するよう命じ、土塊の量の計測をはじめた。

テントの大きさは相当なもので、少なくとも大の大人が十人はゆうに入れ、布も頑丈だった。杭には紐を固く結びつけ、馬が引いても抜けないようしっかりと地面に食い込ませた。それでも足りなかった。

土塊昇天現象の天へ昇りつめようとするエネルギーはすさまじい。土塊は途中までうまく溜《た》め込めたが、中がいっぱいになる前にテントはふわりと浮かび上がり、杭もずるりと抜けて空へ飛んでいった。地主も従者たちもぽかんと口を開けて、青天へ消えていくテントと土塊をただ見守る。やがてテントだけが落ちてきて、回収したはずの土塊は跡形もなく、蓋《ふた》のなくなった穴からは依然土塊が浮かんでは星を去る。

地主は怒りながらも興奮していた。金も物も人も大概手に入るが、この現象だけはどこまでも自分を悩ませてくれる。一度の失敗でめげることなく地主はテントを作らせ続け、穴が新しく開いたと聞いては駆けつけて、土塊を回収した。一つで足りなければ三つ、三つで足りなければ十、十で足りなければ百、百で足りなければ千。

だが集めた土塊をどうしても保存できなかった。持ち運ぶにも浮力が強すぎるので大量の重しが必要だったし、どうにか頑丈な石造りの倉庫に入れたところで、人間が扉を開けたとたん、土塊が「自由時間だ、さあ空へ」とばかりに出てきてしまう。それでもやっと閉じ込めると、今度は倉庫の支柱が抜けるか、土塊の勢いに負けてひっくり返り、やはり逃がしてしまうのだ。それに、土塊には浮力があるせいで秤《はかり》にかけられなかった。

重さは量れず、容量も、テントの枚数を数えることでどうにかしようとしたが、テントいっぱいに入ったものもあれば、半分量で杭が抜け中断しなければならなかったものもあり、いずれにせよ、正確な計測はできなかった。すべては無駄だったという結論を出すまで、あまりにも時間がかかったために、地主はもはや白髪頭でしわだらけの老人となっていた。金を使い果たし、土地を追いやられ、僻地《へきち》のあばら屋を住まいにして暮らし、手元に残ったものは土で汚れた大量のテントだけだった。

その頃には数学だけでなく物理学も発展しており、土塊昇天現象は、もはや計測を頼りにできないものだという結論が出ていた。

「そもそも計測とは、重さあってこそ可能なものなのだ。重さを無視した、この星の法則を馬鹿にしきったような現象を、計測で推し量ることは不可能。これは仮定と理論のみによって解明される」

星塊物理学者の間で今もなお尊敬を集め続けている〝智《ち》の巨人〟は、仲間との会合でそう宣言したが、運の悪いことに、その時代は宗教によって様々なものが変えられてしまった。特に、時代が進むのと比例して宇宙に出た土塊の数が増え、うっすらながらも土塊輪が肉眼で見えるようになったのも、人の畏怖《いふ》を焚《た》きつけた。見よ、神のしるしがそこにある。教界《きょうかい》は人の畏れを利用して神にすがるよう説き、諸国の王たちの信頼を勝ち得ると、物理や数学などの「あまりにも鋭すぎる目」を忌避した。この世の理《ことわり》を解こうとする行為は神への冒瀆《ぼうとく》だと決め、研究費用の出費をやめさせるだけでなく学者を弾圧した。学問はここで一度止まる。

しかし陽陰《ひかげ》でも育つ植物はある。受難の時代に〝智の巨人〟はこう言った。

「私が信仰するものはただひとつ。それは形もなければ、神のような厳格さもなく、対等であり、人の心を燃やし、水車よりも強い原動力となるもの。すなわち、好奇心である」

その発言を数式と一緒に弟子が書き残してしまったがために、〃智の巨人〃は捕らえられて処刑されたが、彼の数式と言葉は時を超えて受け継がれた。

一方、世界は大きく動いていた。神の名の下に国が国を侵略し、王の名の下に碧海《へきかい》を越えて血が流され、怒りと嘆きの叫びが空に響く時代となる。人は生まれた地を離れ、見知らぬ場所を蹂躙《じゅうりん》するうち、この星はどうやら球体をしていると気づくことになった。碧海をまたにかける碧海軍総督は言った。

「星が球体となると、反対側にあるはずの我が故郷はどうして空に落ちないんだ？」

王や軍の参謀たちは、効率のいい侵略には正確な学問が必要だと理解した。極磁力《きょくじりょく》を使った羅針円《らしんえん》のおかげで、星々が見えない嵐の夜でも方角を見失わずに済み、医学のおかげで兵士は栄養失調の難を逃れ、効率の良い武器が開発された。教界の力は波に削られる岩のように少しずつ弱まり、細くぐらついたものになっていき、反対に学問が徐々に力を取り戻していく。

潤沢な資金と人材を手に入れた学者たちは研究に没頭した。この頃、人はようやく〃重力〃を発見し、数式を編み出して、土塊昇天現象以外の自然現象は、どうやらこの法則に縛られているのだという理解が広まった。

ますます土塊昇天現象は、意味のわからない、例外的で不可解な現象として捉《とら》えられるようになる。だが、土がただ天に昇っていくだけでは、国の益にならず侵略の役にも立たないので、この研究に関しては、資金面が相変わらず不遇だった。学者たちは口々に不満を漏らす——これほど奇怪な現象は他になく、ここにこそ神と星の間にある何かの約束事が隠されているだろうに、なぜ王は顧みてくれないのか。

磨かれた青金《あおきん》や白石に彩られた豪奢《ごうしや》な謁見の間で、他の学者や枢機卿《すうききよう》が並ぶ列の端も端にいながら、現象を研究する学者は震える声を振り絞って王に直訴した。

「土塊昇天現象の解明こそが急務です。この世で唯一重力に背くもの、その謎を解けば、きっと人は天を制することができるでしょう」

天を制する。その提案は王の心をときめかせたが、他の学者、枢機卿、側近にも笑われ、馬鹿にされれば、首肯するわけにはいかなかった。

「穴の深さも求められない愚か者どもが、どうやって天を制するというのだ？」

環境に恵まれないまま現象の探求者たちは進む。国から出発した侵略者たちの報告によると、星の裏側でも、道行きの最中《さなか》に歩いたどこの土地でも、まったく同じように現象が起きるそうだ。

以前と違い、穴から土が浮上をはじめて完全に排出が終わるまで、どのくらいの時間がかかるのか、計測自体はできるようになっていた。けれどもあり得ない数ばかりが計上され、学者たちはますます混乱した。その時間、九ヶ陰。約二八〇日もの間、土塊は穴から出続けていた。

数式に従って時間と速度を掛け合わせ、深さを明らかにする。その数はおよそ一万三千路、星の直径とほぼ同距離だった。

「あり得ない」いかな現象を愛する物理学者も否定した。「間違いだ。これでは穴は星を貫いていることになるぞ。できるだけ多くの穴を観察して、反証せねば」

だがどの穴を調べても結果は同じだった。気味が悪いほど数字は似通い、学者たちは背筋が凍るのを感じた。いったいこの星に何が起きている？

「我々の常識で考えるのはやめよう。土の排出時間を単純に計ってはいけないのだ」

そうは言っても、新しい常識、既成概念を壊しまったく別の方向から見ることほど、難しいものはない。穴の深さは永遠の命題、しかし決して解けない命題として棚上げされ、学者たちは土塊にどのようなエネルギーがかかって浮上するのか、そちらの問題に取り組みはじめた。

土塊にかかるエネルギーは地柱力《ちちゅう》と呼ばれるようになり、今まで教界が決めていたような、天が土を吸い上げているとする天柱力《てんちゆう》ではなく、星の力で持ち上げられ、上へ昇っているのだという仮説が、大きく支持された。星の中心には想像を絶するほど高温の火が燃えていて、そのエネルギーが穴を穿ち、土塊を押し上げているという。しかし、なぜ空へ出た後で、訓練された兵士のように列を組み土塊輪を形成するのかの問いについては、「神のお導き」としか答えられなかった。

また時が経ち、天を制することのないまま革命が起き、王が斃《たお》され、民衆が自分たちの国を作りあげ、新しい国があちこちで生まれた頃、歴代の学者たちの中で最も若く、最も異端な者が現れた。

〝異端児〟は他の学者が棚上げした穴の深さにこだわり、およそ一万三千路の数字を、正しいと考えた。これを実証するために、自国の中でも最も緯度経度が明確な穴——すなわち古く有名な塔のすぐ根元、白っぽい砂の土に穿たれた穴に赤い旗を立てた。そしてぶつぶつ呟きながら星球儀をくるりと回すと、ある一点を指でこつんと突き、仲間を集めて冒険隊を組んだ。

冒険隊は先頭に立つ〝異端児〟に忠実だった。剛銃《ごうじゆう》とガイドを連れて星の裏側、故郷と正反対の位置にある国へ旅立ち、荒波を行き、毛獣《もうじゆう》が潜む森を抜け、水分を蒸発させながら乾いた砂漠を越え、窒息しそうなほど降りしきる激しい雪の中を進んだ。体重は減り、眼光鋭く、手足の筋肉ばかりが発達した冒険家たちはついに、目指した地にたどり着いた。痩《こ》けて落ちくぼんだ目をぎょろつかせ、〝異端児〟は羅針円を片手に、黄ばんだ荒れ地を探した。果たして、そこに穴はあった。自国の塔とちょうど対称の位置、星の裏側に、穴が開いていたのだ。

その後も何度となく冒険隊を組み、〝異端児〟は穴の位置を確かめ続けた。穴は一点ではない、星を貫いて、二点開いている。数字は正しかった。土塊昇天現象はまるで球体を串刺《くしざ》しにするような現象だったのだ。

〝異端児〟は張り切って論文を書いた。伸ばしっぱなしの赤茶色の髪や髭《ひげ》にたかった這虱《はいじらみ》をかまいもせず、帰国するなり書きまくった。何日かけてもどれだけ夜を徹しても苦しくはなかった。けれども正確な検証データを付して完成した論文は「こんなものたまたまだ、都合の良い計測結果だけでできている」と嘲笑《ちょうしょう》され、ろくに相手にもされず、消えることになった。

「碧海はどうするんだ」

幼い頃から共に学びいつも一番の味方だった親友はそう言って、〝異端児〟の肩を叩いた。

「お前は碧海を忘れている。陸地ばかりを計測するな。反対位置に碧海のある穴はどうなってる？　もし本当に穴が星を貫いているのなら、なぜ海水が出てこない？　それに地層学も考慮しろ。この星は土だけでできてるんじゃないんだ」

親友は正しかった。星は陸よりも碧海の面積が広く、穴の位置を計測するならば考慮しなければならないが、〝異端児〟はそれを避けていた。そして近年誕生したばかりの地層学によれば、この星の地中はさまざまな質の土や泥、石が層となっているもので、土塊昇天現象が吐き出すようなただの土塊は、ほんの数路分、星の表層にしか存在しないという。それは実測され、実際に採掘することで明らかになった本当の事実だった。

もはや土塊昇天現象についてまともに研究すること自体が常軌を逸していた。いったいこれは何なのだ？　〝異端児〟は満陰《まんいん》に照らされてかすかに光る土塊輪、百年前よりもやや太くなっているつちくれの列を睨《にら》んで呟いた。

「星よ、あなたはなぜ人にこれを見せるのだ。正体を明かさないのに、闇雲に驚かせるのはやめてほしい」

星塊哲学者たちが何度となく問う命題を、〝異端児〟は馬鹿馬鹿しいと思ってきたが、この時ほど自分が〝最後〟であったらと願ったことはなかった。もう驚きたくない。好奇心は毒だ。

〝異端児〟は酒に溺《おぼ》れ、博打《ばくち》に嵌《は》まり、家賃を迫る大家から逃げ回った。臓器を病んだが気にもせず、千鳥足で街を歩き回り、開きっぱなしになった穴を見つけると唾《つば》を吐きかけた。唾は穴の闇に消え、浮かびはしなかった。

その時〝異端児〟は気づいた――これまで穴が塞《ふさ》がったことがあっただろうか？　いつも土塊が出てくることばかりに注目して、穴を塞いで埋める行為についてはまるで考えていなかった。穴は埋まらない。誰もが知っている。なぜなら穴が深すぎて、ちょっとやそっと穴に土を入れたところでいっぱいにはならないのだ――本当にそうだろうか？

翌朝から〝異端児〟はあらゆることを止《や》めた。酒や賭博《とばく》を止めただけでなく、土塊昇天現象についての論文もすべて処分してしまった。研究書をまとめ、すっかり空になった部屋を出ると、〝異端児〟は二束三文で本を売り、家賃を払って新しい本を買った。本は土塊昇天現象ではない純粋な物理学の本だった。そしてペンを取ると、ノートにこう記した。

「私が生きているうちに真実にたどり着くことはないだろう。私は謎の答えを知らずに死ぬ。とても残念だ。だが覚悟は決まった」

イヌーティル《役立たず》は望遠鏡を覗《のぞ》く私の隣で、『星塊学の歴史』を読んでくれながら、笑いをこらえきれない様子だった。イヌーティルは歴史を好まない。誰がいつどんな研究をして成果を残してくれようと、イヌーティルにとっては「誰かの好奇心の残り滓《かす》」にすぎず、我々世代の研究の肥やしになるのみ、と考えているのだ。

しかし私はそうは思わなかった。人は思考する時、頭の中の歯車を回す。誰かと話す。互いの歯車が嚙《か》み合って回る。こちらの回転を助けてくれる歯車は、今隣にいるイヌーティルのものでもいいし、見知らぬ誰かの歯車でも、数百陽年から一千陽年も前の人のでもいい。紙と文字の発明は私にとって純度の高い青金よりも価値が高いのだ。

高精度望遠鏡のレンズの先に、宇宙に浮かぶ土塊輪が見える。帯のように整然と並び、いつも変わらないスピードで進みながら私たちの頭の上にいて、晴れていれば昼でも夜でも肉眼で確認できる。

土塊輪は星々よりも間近に見え、普通の天文学者にとっては邪魔でしょうがない異物となるが、私のような星塊天文学者にとっては飯の種になる。

宇宙の星々の謎を解くよりも土塊昇天現象の謎を解きたいと考えるのは子どもばかりで、大人になってもなお星塊天文学に夢を見続ける者はとても少ない。それでも国から補助金が出続けているのは、きっかけを作ってくれた純粋物理学者、宇宙へ出た後の観察が面倒になった星塊物理学者たちと、今もなお〝最初〟の議論を続けている星塊哲学者たちのおかげだろう。

純粋物理学は一度、この世に〝最初〟は存在しないという結論を出し、星塊哲学者たち

を震え上がらせた。陽間、つまり時間というものは、不変ではなく各地でねじ曲がってい
て、存在や出来事が連なっているにすぎず、一方に流れていく〝時間〟なる概念は、人の思い込みであって実際には存在しないのだ、という。

それを大変緻密《ちみつ》な計算法と論文によって世に知らしめたのは、〝異端児〟と呼ばれ、途中で研究を純粋物理学に切り替えた者に教えを受けた弟子で、我々の学問に〝星塊学〟と名付けた天才だ。

穴は、我々の星に本当にあるものではない。天才は私たちにそう教えた。この土塊は確かに星の土と性質は同じだが、穴の中の時空が歪み、同じ地層を何度も繰り返し排出しているのだ。つまり〝最初〟は定義できない。どの穴が〝最初〟であってもおかしくなく、〝最後〟であってもいい。すべてが〝途中〟だと言ってもよかった。

思索と議論の大前提を崩されかけた星塊哲学者たちは嘆いたが、先端技術を手に入れた星塊天文学者たちが、異を唱えたのだった。宇宙望遠鏡や宇宙飛行士たちが星を周回する土塊輪を詳細に観察した結果、宇宙の真空状態によって冷やされた凍結の具合と土質の状態から、土塊自体には時間が存在し、古いものも一緒に空を回り続けていることを証明した。すなわち〝最初〟の土塊はある。不可思議なのは現象だけであって、土も宇宙も実在しており、天空を破って真空に到達し、奇妙な引力に引き寄せられて一列の土塊輪に加わ

った瞬間、土塊はこの世の物理法則どおりの存在になるのだ。

星塊哲学者は喜び、星塊物理学者はむっとしたが、両陣営とも、星塊天文学が継続できるよう出資せよと、国に働きかけてくれた。サンプルや正確な計測情報のない状態に苦しんだ星塊物理学の歴史、そのせいで浪費した時間を、彼らは今も惜しんでいるのだろう。

ともあれ、星塊物理学と星塊哲学、そして星塊天文学は、土塊昇天現象解明に必要な、互いに持ちつ持たれつの三本柱となった。

穴は時空を歪める筒だとわかった後、絶望しかけていた星塊物理学者は蘇《よみがえ》り、今度はなぜこんな現象が起きるのか、エネルギーはどこからきているのか、地柱力と天柱力のどちらが正しく、あるいは新たな力が存在しているのか、と問いはじめた。

結論はまだ出ていない。というか、我々星塊天文学者も関与しなければならない、長い長い実験の最中にあった。

かつて中世の学者は、土塊昇天現象を応用すれば天を制すると言ったそうだが、まったくもって見当違いで、人は現象をそのへんに置きっぱなしにしつつ、自由に空を飛んだ。エンジンと翼で事足りてしまったのだ。

まったく、これほど役に立たず意味も持たない現象は他にないだろう。水が沸騰するだけでもエネルギーになるし、爆薬は生き物を殺し、人が笑うエネルギーは人を幸せにする。

だが土塊昇天現象は何もない。何のために穴の中の時空が歪んで、何のために星の表層を何度も繰り返し出現させて空へ向かって排出しているのか、宇宙に出るとなぜ一列に集まるのか。通常の自然現象に逆らってまで存在するほどの理由が、これにあるのだろうか。

「そういうものだから」

〝最初〟に会った時、イヌーティルはそう笑って私に握手を求めると、「役立たず」を意味するこの渾名《あだな》で呼んでほしいと言った。しかしやつほど土塊昇天現象に耽溺《たんでき》している者を私は知らない。

休憩時間の終了を告げるベルの音と共に我々は立ち上がり、イヌーティルは歴史の本をそこらへんに放ってしまう。

「準備はいいか？」

仲間と交替で無骨なコンピュータの前に座り、ヘッドセットをつけてスタートボタンを押す。宇宙に浮かべた人工衛雲《えいうん》に電磁波を放たせ、周回する土塊に照射して計測し、データを収集しているのだ。やっていることは古代の人々と変わらない。地道な計測とサンプルの収集、その繰り返し。しかしこのおかげで理論は立証できるのだ。

これでもずいぶん高画質になった画面を睨みながら、土塊の形跡を追う。地表から見れば飛行艇雲が三筋ほど走っているていどの量でも、こうして衛星器のレンズを通せばその実体がよくわかる。もはや数え切れない、おびただしい量の土塊の群れ。これが宇宙にあるのを実際に見た宇宙飛行士は、精神にかなりのダメージを受けるそうだ。

このままでは星を覆い尽くす。それどころか、穴だらけになった星は崩壊する。

オカルティックな予言は年々増えていくが、今のところ危機のレベルは低いし、もしそうなったとしてもまだまだずっと先のことだ。

「あり得ないね。穴はそもそもこの星のものじゃない」

イヌーティルは棒飴《ぼうあめ》を口に咥《くわ》えてカラコロ鳴らしながら鼻で笑う。お前の方が意味がわからんよ、と肩をすくめると、こちらの隣まで椅子を持ってくる。

「何だ、仕事をしろよ」

「仕事だよ、れっきとした。考えることも仕事なんだから」

私は顔をしかめてイヌーティルを睨みつけるが、やつはまるで意に介さない。

「穴は——この星に開いたもんじゃないんだ」

「はあ?」

「わからないか? 時空が歪んでいるどころの騒ぎじゃないんだよ」

「……ちゃんと説明しろ」

するとイヌーティルは床を蹴《け》っ飛ばして椅子の車輪を滑らせ下がり、棚の上の土塊昇天球を手に取ると、足で漕ぎながら戻ってきた。

土塊昇天球は穴だらけで、正直なところ気味が悪い。無数の小さな穴が開いてぼつぼつした表面を見ていると背筋が寒くなる。できるだけ顔を背けて画面に集中している風を装った。イヌーティル自身はまったく気にしていない。

「この星に開いた穴はすでに一億を超えてる。崩壊するならとっくの昔に崩壊してるぞ。穴が開きまくった凝鉄《ぎょうてつ》や混凝土《コンクリート》が脆《もろ》くなるのと一緒だ」

「まあ、そりゃあ」

「なのになんで崩壊しない？　星が頑丈だから？　星が大丈夫でもこっちは大丈夫じゃないはずだ。宇宙の中で質量がどんどん軽くなったら、重力の大きさも変わるはずだろ」

あ、と声が出た。確かにそうだし、宇宙天文学の本で読んだことがあった。宇宙は一種の弾力性のあるメッシュのようなもので、星はそこに置かれた球だ。質量によってメッシュは歪み、星は陽の周りをめぐる――自転と公転が生まれ、重力が生じる。

画面に映る土塊の群れ。これほどの量を消失した星は相当に軽くなっているはずで、陽の外周をまわる土塊輪の軌道にも変化が生じるはずだ。遠ざかるか近づくか……星の周りをまわる陰とぶつかってもおかしくない。

「思い切り弾《はじ》き飛ばされていたかもしれない。軽くなって陽の重量に耐えきれず、宇宙の彼方《かなた》へ」

　私は画面から目を離し、イヌーティルを見た。

「確かにそうだが」

「でも実際にはそうなってない」

　そうなのだ。我々はとっくの昔からいつ崩壊してもおかしくない緊張状態にいながら、平穏な顔で生きている。

「納得できる理論はただ一つ！　この星に開いた穴じゃないってことだ」

「……なるほど？」

　イヌーティルは胸を張り、不遜《ふそん》な性格丸出しで言う。やつの論でいくと、土塊昇天現象はホログラムのようなもので、我々の目に見えてはいるが、実際には存在しないものなのだそうだ。触れられるのはなぜだと聞くと、穴に手をかざした瞬間に、知覚が歪むようになるのだと答えた。さすがの私も顔をしかめる。

「古代から現代に至るまで、我々の全員がいわば幻覚に惑ってきたとでも？」

「同じようなもんだろう。どうせ解明しても意味はない」

〝役立たず〟の異名を誇るイヌーティルはそう嘯《うそぶ》いて自分のコンピュータの前へ戻る。

「少なくとも我々は答えを見られない。このレベルの科学技術じゃね。まあ、百陽年後ならわかるかも」

さっきやつが読んでいた歴史の本を思い出す。そうやって大勢が、現象の正体を追っては消え、追っては消えていった。私もイヌーティルも、今行っているこの観測も、このデータを欲しがっている星塊物理学者たちも、流れの一粒にすぎない。

本当に無意味なのだろうか、私たちの好奇心は。

終業のベルが鳴る。交代要員に任務を任せ、研究室を出た。白衣を着た研究員たちと何人もすれ違い、挨拶《あいさつ》をし、どうでもいい世間話をする。小さい存在だな、と思う。新しい機材が来るとかで、廊下と壁が養生されている。その新入り機材を使えば何かが進歩するのだろうか。たぶん、あまり変わらない。ほんの十爪でも進めば御の字。

研究所を出ると、空は赤と青に染まり、夕暮れがあたりを包んでいた。よく晴れていて、あの画質の悪いコンピュータ画面よりも、土塊の帯が美しく見える気がする。帯の上にうっすらと青い陰が浮かんで、まるで土塊を見守っているようだった。

駐車場までの道をイヌーティルと並んで歩いていると、アスファルトで覆われた道に穴が開き、ゆっくりと土塊が浮上しはじめたが、行き交う人の誰も気に留めない。近頃は特に、どこにでも穴が開くので、何ひとつ珍しさがなかった。

「……確かに〝最初〟の人は驚いたのか、気になるな」

星塊哲学者たちが長年〝最初〟にこだわっていることを、以前はかなり馬鹿にしていた。好奇心の純度が濁るのは当然で、子どもが何を見ても驚き、何に触れても怖がるのは、純度が透明な状態だからだ。ごく当たり前に「〝最初〟の人は驚いた」と答えられる。

だがそれは答えを教えてくれる親が、先達がいたからではないか？　「これは普通ではない」と比べてくれる誰かがいたからではないか？　恐れも驚きも、所詮は人真似《ひとまね》にすぎないのではないか？

まるで合わせ鏡のようだと思う。見えたと思った先にまだ自分がいて、どれが本当なのかわからなくなる。星塊哲学者はいつもこんな気分なのだろうか。

「宇宙が何かを我々に伝えようとしてるだなんて、思うなよ」

イヌーティルは車に乗る間際にそう言うと、軽快なエンジン音を鳴らして、私の前から去った。

私は自分の二輪自動車にまたがり、ヘルメットをかぶりながら空を見上げた。切れ目なく流れていく土塊輪の、いったいどこがはじめで、いったいどこが終わりなのか。それともいつまでもこのまま、はじまりも終わりもなく続いていくのだろうか。

エンジンをかけようと片足を持ち上げたその時、足下にぽこんと穴が開いた。またいつものように土塊が浮遊して、私の目の前から、真っ直ぐ天へと向かっていく。まるで空に帰りたがっているように。

私は穴に手をかざした。つちくれは軽く、ぽこぽこと手のひらに当たっては、元の軌道へ戻って空へ昇っていった。

その感触は柔《やわ》く、心地よく、何事もなく、確かにそこに在り、そして迷いなく宇宙を目指す。

耳に残るは

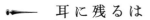

頭の中で流れる旋律に合わせて、指はまた無意識のうちに動いていた。電車のシートに腰掛けていた真琴《まこと》は、向かいの女性の視線に気づいて、空想上の鍵盤《けんばん》を弾くのを止めて手を丸めた。ピアノを弾く仕事をしているとどうしても癖となって出てしまう。

電車のドアが開き、駅のホームに降り立つと耳にはめていたイヤフォンを外し、首にコードをかけた。人波に押されつつ、一泊分の衣類を詰めたトートバッグに手を突っ込んで定期入れを探していた拍子に、イヤフォンがずるりと垂れ下がって真琴の腰元で揺れる。イヤフォンの小さなスピーカーから音楽ではなく囁《ささや》くような人の声が流れ、そばを通った幼い女の子が不思議そうに真琴の顔を見上げた。

三年ぶりに目にする故郷は思った以上に変化している。以前は魚屋だったはずの場所に建つ大型家電量販店を横に見ながら、賑《にぎ》やかな商店街を早足で通り過ぎ、実家へと続く道を急いだ。灰色の雲は重く垂れ込め、秋風が冷たかった。

出迎えた母親は相変わらず元気で騒がしく、真琴が面倒がるのを押し切りトートバッグを奪うように持つなどして、久しぶりに帰ってきた娘の世話を焼いた。父親はソファで煎《せん》餅《べい》を齧《かじ》りながらテレビを見ていたが、真琴が向かいに座ると片手をひょいと挙げた。

ひと息つくと両親は口々に健康状態やら、自宅で開いているピアノ教室の景気はどうだなどと問いかけた。真琴は、体は元気だし、教室もこちらで開いていた頃に比べても順調だと答えた。夫も協力的だから助かっている。そう言って出された緑茶を啜《すす》ると、両親はほっと安堵《あんど》した顔になって、話題は別に移った。真琴は湯呑《ゆの》みに揺れる薄い緑色を見つめながら心の中で、気持ちは塞《ふさ》ぎ続けているけど、とそっと呟《つぶや》いた。真琴が一年前に最愛の人を亡くしたことは誰も知らない。

久々に帰省した理由は特になかった。偶々《たまたま》夫の出張とピアノ教室の休日が重なったカレンダーを眺めているうちに、一泊しかできないが、久しぶりに息抜きするのも悪くないかもしれないと思いつき、電車を乗り継いでやってきた。だが実家の自室でごろごろしているのも時間の無駄なような気がして、真琴はジーンズのポケットにアイポッドを突っ込むと散歩に出かけた。

駅前に比べると近所は代わり映えしなかった。梅並木があった空き地が殺風景な駐車場になり、壁が崩れそうだった古い民家がマンションに建て替わったりしていたものの、懐かしい小学校や、幼馴染《おさななじみ》の実家の庭、かつての教え子の家からいつも吠《ほ》え掛かってくる犬も健在だった。変わるものと変わらないものを眺めて歩きながら、真琴はイヤフォンを耳に差し、再生ボタンを押した。

ひときわ静かな住宅街の角の茂みを曲がったところで、ふと足を止めた。どこからかピアノの音色が聞こえてくる。その「きらきら星」はまだ習いたての小さな子供が弾いているらしく、しょっちゅうつかえては音を外し、真琴はもどかしさを感じながらイヤフォンの片方を外した。すると今度は別の場所からピアノの音が流れてきた。こちらは上級者が弾いているのか、バッハの軽快な「イタリアン・コンツェルト」は正確で、安心して聴いていられる。真琴はふと、かつて音楽大学を卒業した後に受け持っていた生徒達は、今どこで何をしているのだろうかと思った。

その時、もう一つ別の場所からピアノの旋律が流れてきた。演奏場所は三箇所の中でここから最も近いようで、一番はっきり聞こえる。それはチャイコフスキーの「舟歌」で、もの悲しくゆったりとした曲調が今日の陰鬱《いんうつ》な空模様によく合っていた。

真琴は今でも「舟歌」を聴くと、必ず響香《きょうか》という名前の少女のことを思い出す。ここでピアノ教室を開いていた頃の真琴は響香について、受け持っていた生徒達の中でもかなり良い素質を持っていると見込み、可愛がっていたのだが、肝心の彼女はピアノよりも映画や小説に興味を持っていたために、ピアノをやめたがっていた。慌てた真琴は映画の『子熊物語』を勧め、そしてそのテーマ曲として使われていた「舟歌」を弾いて聴かせてみたところ、少女は大いに気に入って練習に打ち込み、繰り返し何度も弾いてみせたのだった。それでも結局その後、真琴が結婚を機にこの街を出る時、響香はピアノを辞めてしまったのだが。

「舟歌」は大体が暗い調子だが、中盤の転調後は明るさを帯びる。しかし旋律と旋律を繋《つな》ぐスタッカート付きの和音が小学生の小さな手では難しかったようで、響香はいつもそこで支《つか》えては悔しそうにしていた。そして今、真琴の耳に聞こえる「舟歌」もまた、同じところで音を外している。確かに最も弾きにくい箇所ではあるが、どことなく元気な調子といい、もしかしたらこれを弾いているのは響香本人なのではないか。真琴はもう片方のイヤフォンも外すと、耳をそばだてて音の源を探した。

探し当てた二階建ての家は、やはり響香の家だった。当時は新築だった壁も雨風のせいで随分傷んでしまってはいるが、表札を見たところまだここに住んでいるようだ。あれから五年ほど経っているから彼女はもう高校生になっていることだろう。しかしまだ同じところで支えているなんて、と少し微笑ましく思った。見上げると二階の窓に人影がある。確かそこは響香の部屋で、彼女の電子ピアノも置いてあったはずだった。真琴はインターホンを押した。

演奏はぴたりと止んだ。しかし誰も返答をしない。

もう一度インターホンを押したが状況は変わらなかった。真琴は二、三分そのまま待っていたが、あきらめて踵《きびす》を返して退散した。どこの家にも事情はあるだろう、演奏がそのままだからといって響香自身も何も変わっていないわけではない。そう考えると、庭先に転がっている泥だらけの赤いボールや、ひっくり返ったまま放置されている古い三輪車が響香の現在を象徴している気がして、何とも虚《むな》しい心地になった。

夕方になり帰宅した真琴は、台所で夕食の準備をしている母親に聞いた。

「内村《うちむら》さんのところの響香ちゃん、覚えている？」

真琴の問いかけに母親は振り返ったが、その表情はどこか暗かった。

「もちろん、忘れるはずがないよ。可哀想な子だもの」

「可哀想な子？　どういう意味？」

すると母親は頷《うなず》いて、「ああ、あんたには知らせてなかったっけね」と呟いた。

「響香ちゃん、亡くなったのよ。半年くらい前だったかしら、肺炎をこじらせてね」

「でも、そんな……」

「むごい話でしょう。お父さんとお母さんも随分やつれちゃってねえ。お母さんなんかこの間まで入院していたそうよ。先日戻ったそうだけど」

その晩、真琴は両親と食卓を囲みながらぼんやりテレビを観た。季節外れの怪奇番組をやっていて、とあるアイドルグループ出身の司会者が神妙そうな顔で心霊研究家に何事か訊いている。唐揚げを頬張りながらそのまま画面を観ているとVTRが始まった。学校の音楽室らしきものが映り、薄暗い室内からピアノの旋律が流れてくる。そして少女の悲鳴。実はピアノを演奏していたのは死んだ女子生徒でという、どこかで何度も聞いた怪談話がナレーションされた。

しかし今の真琴にとってその怪談は他人事《ひとごと》ではなかった。

あの演奏は響香の弾き方にそっくりだった。小学生とは思えないほど指の運びが滑らかだったところも、同じところで躓《つまず》く癖も、ピアニッシモと記されていても平気でフォルテで弾いてしまう我の強さも、響香の演奏そのものと言っていいほどだった。

風呂《ふろ》を浴び、布団に潜り込みながら、真琴は昼間の体験について考えた。響香を偲《しの》んだ両親が彼女の録音した演奏を再生していたのかもしれない。しかし真琴の知る限りでは、内村家にはテープレコーダーなどの録音機器はなかったはずだ。廃れて久しいCDラジカセどころかMDプレイヤーさえ持っておらず、音楽はいつもパソコンかDVDプレイヤーで聴くという響香は、自分の演奏を聴いて練習する時は必ずピアノ教室のテープレコーダーで録音してから、その場で聴き直していた。彼女の演奏を録《と》ったカセットテープは今も真琴の部屋の押入れの中にある。響香の両親が持っているのは、発表会で披露されたほぼ完璧《かんぺき》な演奏を録音したCDであり、昼間に聴いたようなところどころ間違いがあるものではない。

内村家の庭に転がった赤いボールや、雨ざらしになって錆《さ》びついた三輪車を思い返した。響香は一人っ子だったからあれはどちらも彼女が使っていたものだろう。悪寒を感じた真琴は、羽毛布団を体に巻きつけるようにして包《くる》まった。

翌日、一泊分の荷物を詰め直したトートバッグを手に、両親の家を後にした。母親から渡された手土産の紙袋を提げた真琴はどうしても気になって、まっすぐ駅に向かわず、もう一度響香の家へ向かった。今日はいつにも増してイヤフォンから流れてくる音がお守りのように感じる。しばらくすると再び「舟歌」の旋律が流れてきて、自然と足が速まった。間違いない、あれは響香の演奏だ。息を切らせながら内村家の門の前に立つと、インターホンを押した。

しばらく待つと今回はくぐもった男性の声で返答があった。真琴は腰を屈《かが》めてインターホンに口を近づけた。

「あの、私、以前響香さんのピアノ教師だった者です」

するとインターホンがブツリと切れた。しまった、不快な思いをさせてしまっただろうかと後悔していると、玄関の扉が開いてやつれた顔の中年男性が顔を出した。響香の父親だった。

「ああ、真琴先生でしたか。どうもお久しぶりです」

「突然お訪ねしてすみません、久々に帰省して、この辺りを散策していたんですが」

「そうですか。よかったらあがっていきませんか。響香も喜びます」

真琴は躊躇《ためら》ったが、玄関の扉が大きく開かれたのを見て「では、お邪魔します」と言って中へ入った。

家の中は真琴が思ったよりも清潔で片付いていた。台所では何か煮ているらしく食欲をそそる香りが流れてくる。まず居間に通された真琴はソファに腰掛け、お茶を淹《い》れて来ますと言って父親が席を外している間、少し緊張して背筋を伸ばしながら、仏壇はどこにあるだろうかと辺りを見回した。

仏壇は隣の和室にあった。真琴はそろそろと立ち上がり、静かに畳の間に踏み入った。焚《た》いたばかりの線香の匂いが漂ってくる。仏壇の前に正座して鈴《りん》を叩《たた》こうと手を伸ばしたその時、はたと気がついた。祖母らしき老婆の遺影はあるが、響香の遺影がないのだ。

ピアノの演奏はまだ止まず、二階から「舟歌」が流れ続けている。

「どうしましたか」

太い男性の声に真琴は悲鳴を上げそうになった。振り返ると、響香の父親が怪訝《けげん》そうな顔でこちらを見ている。慌てて、仏壇が目に入ったので挨拶《あいさつ》をしようと思ったと弁解すると、響香の父は納得したように相好を崩して頷いた。

「そうですか、それはご丁寧に。母も喜びます」

「ところで響香ちゃんの仏壇はどちらに……」

「響香の仏壇？」

すると響香の父は大声で笑った。体を仰《の》け反らせて心底可笑《おか》しいといった風に笑い転げる。しかしその姿が一層異様に見え、真琴の肌は粟立《あわだ》った。ひとしきり笑い終わった響香の父は涙を拭《ぬぐ》いながら、後じさって壁に背中をつけている真琴に手招きをした。

「響香なら部屋でピアノを弾いています。ほら、聴こえるでしょう。先生が教えてくださったチャイコフスキーの『舟歌』ですよ。あの子は本当にあれが好きでね。いくら弾いても飽きないんです」

父親はにっこりと笑って襖《ふすま》を大きく開け、二階へ上がるように促す。真琴はからからに渇いてはりつきそうな咽喉《のど》で唾《つば》を飲み下し、震える足で立ち上がった。

二階の響香の部屋を開けるとピアノの前に女性が座っていた。後姿しかわからないが、肩口で切りそろえた黒髪は記憶の中の響香のままだった。鍵盤の上に指を走らせ、右足でペダルを踏みしめる。その度に暗くもの悲しい「舟歌」の旋律が響き渡った。真琴は手で口を押さえ、飛び出しそうなほどに早鐘を打つ心臓をなんとか宥《なだ》めようとした。

「響香……ちゃん？」

「舟歌」は転調し、軽やかで明るい旋律に変わる。真琴は勇気を振り絞ってピアノに近づいていった。旋律はやがていつも躓くところに差し掛かり、演奏はやはりそこで支える。

ピアノの横に立った真琴は「あっ」と声を上げた。

ピアノの前にいるのは響香の母親であり、ピアノが演奏しているのは、録音された自動演奏だった。

響香の家にあるピアノはアップライトではなく、電子ピアノだったことを思い出した。そして最近の技術では、演奏を録音すると同時に鍵盤の動きまで記憶して再生できると、ピアノの業者から聞いたことがある。きっと響香は自宅で「舟歌」を練習しているときに、電子ピアノで録音したのだろう。機械音痴な響香のことを考えると、もしかしたらうっかりボタンを押して、本人も知らないうちに録音させていたのかもしれない。

呆然《ぼうぜん》とピアノを見つめる真琴の前で、響香の母親がまるで娘に成り代わったかのように真剣な表情でピアノを演奏している。実際は鍵盤に触れていないが、その動きはまるで本当に弾いているかのようだった。

真琴はジーンズのポケットに入れたアイポッドに手を伸ばし、その硬い感触を確かめた。

真琴が最も愛した男はピアノの調律師だった。前任の老人が引退して、後を継いだ彼が防音室のドアを開けたその時、真琴は恋に落ちていた。若々しく、黒々とした瞳《ひとみ》。筋張った大きな手。そして、音楽に関心を持たない夫と違ってクラシック音楽を好み、演奏家や作曲家を笑いの種にできるほど豊富な音楽の知識を持っていた。ピアノ教師という職業を敬ってくれた。夫は協力的と両親には言ったが、本当のところは無関心が正しい。愛情のある理解に飢えていた真琴はたちまち彼の虜《とりこ》になり、彼もまた真琴を愛してくれた。

しかし半年間の逢瀬《おうせ》を重ねた一年前の大雨の日、彼は車の事故に巻き込まれて死んでしまった。業者から死を知らされた真琴は心が張り裂けそうになったが、表に出すことはできなかった。誰にも知られてはならない関係だったために、誰かに相談することも大っぴらに悲しむこともできない。普段どおりに振舞うために思い出はすべて幻想だったと自分に言い聞かせようとしたが、それも難しかった。心と体がばらばらになりかけたその時、真琴はふと思い出した。

携帯電話の留守録音には彼の声が入ったままだったのだ。「これから調律に伺います」という他人行儀を装った声。少し余裕を見せてくだけた口調で「もうすぐ着くよ」と囁く声。小さな咳払《せきばら》い、ちょっとした言い間違い、息づかいの中に、彼は生きていた。愛した人が残した肉声を聴いていてはじめて、真琴はやっと泣くことができた。

真琴はマイクロSDカードを携帯電話に差し込み、伝言ファイルを移し変えた。そしてカードをパソコンにダウンロードしてから、USBケーブルで繋いだアイポッドという小さな再生装置に転送して落とし込む。イヤフォンから流れる音は真琴の精神をいくらか安定させた。以来アイポッドを手放せずにいる。

自分と響香の両親は同じようなことをしているだけだ。真琴は雷に打たれたようにその場に立ち尽くした。

「真琴先生、この子はいつもここで間違えるんです。何かいいアドバイスはありませんか?」

響香の父親がゆっくりと歩み寄り、静かな口調で尋ねる。真琴の心には様々な感情が渦巻いて混乱していたが、父親の方を振り返り、ごく穏やかな表情を浮かべる彼の姿を見ると、自分が言うべき言葉が自然に出てきた。ピアノを弾く〝響香〟のそばにそっと近づき、彼女に優しく声をかける。

「……何度も練習することが大切だけど、響香ちゃんの場合はここの小節にくると緊張してしまうみたいね。ここの和音には新しくつくシャープが多いから、すっかり暗譜してしまった方がいいわ。それからこの小節の前後から繰り返し練習して、不得意なところを普通に弾けるところに馴染ませていくイメージを持つの」

そう助言したものの、録音された演奏が変わるはずがない。しかし後ろにいた響香の父

親は頷くと、

「どうもありがとうございます。響香も上達するでしょう」

と微笑んだ。

真琴はそれから内村家を後にした。夫が待つ家に帰るために電車に乗り、揺られながら、イヤフォンから流れてくる彼の声に耳を澄ました。どこからか「舟歌」の旋律が聞こえてくる気がした。

贈り物

突然、どん、と大きな音がして、店の壁沿いに並んでいたあなたは、体をびくりと震わせた――近くで地雷が爆発したのかと思ったのだ。けれど実際は、倒壊した建物の瓦礫《がれき》が一部、上から落ちただけで、何の被害もない。

反政府ゲリラが一斉蜂起《ほうき》して国の防衛軍と衝突、約一年に及ぶ内戦が起き、一ヶ月前に、政府側の勝利で終結した。戦車の大砲や機関銃、地雷で粉々になった建物が、道のあちこちで瓦礫の山となり、人々は片付けと日々の生活に追われた。内戦の混乱で食料も不足し、みんな空腹だった。あなたがふと夕暮れ時の空を見上げると、空腹など素知らぬ顔で、朱色を帯びた綿雲が悠然と風に流れていった。

大きな物音に少なからず反応する人は多かったが、店の入口から続く長い行列は乱れない。誰も行列から抜けたりしない。物音に気が逸《そ》れたりしたら大変だ、横入りを狙っている輩《やから》はどこにでもいる。みなすぐさま前を見て、一様に体を硬くし、自分の並び位置はここだと胸を張る。あなたも他と同じく背筋を伸ばし、小さく咳払《せきばら》いして、動揺を平常心へと切り替える。

深刻な物資不足で、行列はどこの店の前にもできた。パン、キャベツ、かぶ、靴下、下着。どんなものでも配給品はありがたかった。配給品がなくなり、店の窓にカーテンが引かれるか、シャッターが降りるまで、行列に並ぶ人々は配給切符を握りしめ、「きっと買える」と祈りながらいつまでも待った。行列の先にわずかであっても物資が残っていて、それを入手出来る可能性があるのならば。

今日はパンの店に配給があり、近隣どころか遠方からも人々が殺到して、朝から並んでいる。出遅れたあなたは、夕刻になり、もうパン屑《くず》も残っていないだろうというところで、やっと店に入ることができた。

店の中には制服を着た兵士がひとり、小銃を携行し、見張りに立っていた。国営の店に兵士や将校がいるのは珍しいことではない。買い物のため、見張りのため、調査のため、不満分子の監視や処罰のため、理由は多岐にわたる。あなたも、制服の存在にもはや慣れ、特段気にはしなかった。

案の定、店に残っていたのは、こぶし大にも満たないパンの塊《かたまり》ひとつだけだった。それでも、ないよりはマシだ。あなたは配給切符の手帳を上着の内側の胸ポケットから取り出すと、カウンターの向こうにいるむくんだ顔の店主に渡した。

「最後の客だ。幸運だったたな」

店主は疲れた声でそう言うと、店員の青年に命じて窓のカーテンを引かせた。あなたのすぐ後ろに並んでいた男の、ひどく落胆した顔が見えなくなる。店主は重たげに鋏《はさみ》を取ると、あなたの配給切符手帳をゆっくりとめくり、パン用の切符を一枚、これ以上ないくらいに丁寧に切り取った。盗みを避けるために一度にひとりの客しか店に入れず、配給切符をこうして時間を掛けて切り取るので、列はなかなか進まないのだろう、とあなたは思う。店員の青年がパンの塊を新聞紙で包んでいる間、店主は、あなたの配給手帳を矯《た》めつ眇《すが》めつ眺めている。

「……何か、問題でも」

あなたは問う。すると店主は我に返ったように目を瞬《しばたた》いて、「いや、すまない」と謝りながら手帳をあなたに返した。

「つい最近、あんたの名前を聞いたと思ってな」

「……名前？」

内心、あなたはぎくりとする。この名前に変えて一ヶ月。もしやもうバレたのだろうか。しかし店主はあなたの心配事には気づいていない様子で、こう言った。

「そうそう、郵便局だ。今は雑貨店が臨時で兼業しているがね」

「はあ」

「そこの店主が、あんたの名前を見たら、何かの小包が届いていると教えてやってくれと言っていたのさ。親切な話じゃあないか、このご時世《じせい》に」

確かにそうだとあなたは思う。その雑貨店の店員や店主は、小包を開けて自分のものにしてしまわなかったのだ。盗みの誘惑を蹴《け》散《ち》らせるほど清い心の持ち主か、生真面目に仕事をこなしているか、それとも――

「ともあれ、明日《あした》にでも行ってやってくれ。大通りの赤煉瓦《あかれんが》消防署の角を入って、陸橋《りっきょう》に向かう坂道を下ったところにある」

「ありがとう」

あなたはパンの小さな塊を受け取り、上着の内側に隠すようにして持つと、店を出た。すでに日は落ち、あたりは薄暗い。外の行列はもうほとんど解消していたが、ごく数人はいまだ残って、青い顔で壁にもたれかかっていた。店が閉まったことにすら気づいていないのかもしれない。

電気も途絶えて久しいので、街灯はついていなかった。あなたは家路を急いだ。早足で、瓦礫だらけの街を進み、時々広場や街の隅などから漂ってくる異臭には気づかないふりをした。異臭は鼻が曲がるほどの腐臭だった。もしあなたが振り返ったのなら、そこに、反政府ゲリラとして捕まった人間たちが、見せしめに殺され、吊《つる》されているのが見えただろう。ここまで野放しにされて蝿《はえ》や蛆《うじ》がたかり、腐れば、じきに死体回収者が荷車を引いてきて、処分するはずだが、今宵《こよい》はまだ来ない。

あなたは瓦礫につまずきそうになりながらも、帰路につき、壁が弾痕《だんこん》だらけのアパートメントの二階に上がると、厳重に掛けておいた鍵《かぎ》を順番に開け、物音をなるべく立てないようにドアを閉めた。

一日中かぶりっぱなしだった帽子を取って、上着を脱ぎ、古びた簞笥《たんす》の上に無造作に放る。後頭部を手でゆっくり撫《な》でると深くため息をついた。

内戦の前、ここには年老いた母親と中年の娘が住んでいたと大家が言っていた。ふたりとも機関銃に撃たれて死に、ここは空き家になった。大家の老婆は迷信深い人間で、まだふたりはこの家にいるはず、きちんとした葬儀を執《と》り行っていないから、と不安がり、あなたになかなか部屋を貸そうとしなかった。

「ご遺体をね、荷車にのせて運んで行っちまったんだよ。内戦で死んだ他の人たちはみんなそうだ。集団墓地とは名ばかり、穴に放り込まれて埋められる。あんただってそんな目に遭わされたら、化けて出てくるさ」

大家はそう言うとぶるりと体を震わせた。結局は、あなたが持参した金に負けて家を貸したが。

「幽霊なんて馬鹿馬鹿しい」

あなたはそう呟《つぶや》くとマッチを擦《す》り、ちびた蠟燭《ろうそく》に火を点《つ》ける。そして年老いた母親か中年の娘かどちらかの座っていた椅子に腰掛け、手に入れたばかりのパンの塊に食らいついた。不味《まず》いパンだった。エン麦《ばく》や、何かの植物の絞り糟《かす》ばかりが入っていて、小麦の味はほとんどしない。それでもないよりは良い、とあなたはパンを平らげ、テーブルに落ちた屑も指で集めて舐《な》め取った。

近頃のあなたは、空腹過ぎてぼんやりしがちだ。胃にわずかな食物が入って、ようやく、そういえばさっき、小包が郵便局に届いていると聞いたな、と思い出した。

誰から送られたものだろう。心当たりと言えば、妹夫妻くらいだとあなたは考える。あのふたりは内戦を無事に切り抜け、地方の田園地帯で暮らしているはずだ、と。

妹とあなたは仲が良かった。妹の夫――義弟ともうまくやっていた。そのふたりが自分宛に荷物を送ってくれたのかもしれない。地方ならば、都会のここよりも物資があると聞いているし。明日さっそく郵便局へ行ってみよう。あなたはそう思うと、疲れ切った体でベッドに倒れ込むように横たわり、いびきをかいて眠った。

名前を変えたことを妹と義弟が知っているかどうかなど、頭を過《よぎ》りもしなかった。

内戦の最中《さなか》、あなたは政府側の人間でも、反政府ゲリラでも、どちらでもなかったが、一般市民とも呼べない存在だった。内戦は金のなかったあなたにとって好機だった。戦闘があれば住民は逃げ出す。その間に家の中へ忍び込めば、何でも手に入れることができた。そう、あなたはいわゆる火事場泥棒だった。いつか政府の警察かゲリラの闘士に捕まる、最悪の場合は処刑されると思ったが、逃れ続けていた。

内戦が終わる直前の、ある日までは。

あなたは寝返りを打つ。あなたの後頭部には、不自然な円形の痕《あと》が残っている——親指大ほどの大きさで、そこだけ髪の毛が極端に短く生えている。あなたはこの痕を隠すために、どこへ行くのでも帽子をかぶった。

翌朝、あなたは早く起きて、空腹のまま帽子と上着を身につけると、外へ出かけていった。郵便局へ向からのだ。

よく晴れた日だった。青い空の下、崩れた建物の上に登った市民たちが、バケツを持って少しずつ瓦礫を下ろし、片付けていく。あなたはそれを横目に見ながら歩き、上着のポケットに手を突っ込み、身分証が確かにそこにあることを確認する。

この身分証を——すなわち生まれた時と違う名前を——手に入れるのは、大変だった。内戦の混乱で写真を持っている人は少なく、顔写真を貼る必要がなかったのは幸いだ。違う名前と経歴を手に入れ、職業からなにからすべて成り代わる。そのために絶対に必要な条件がある。相手が死んでいることだ。

あなたは太陽の光から逃れるかのように、帽子を目深《まぶか》にかぶり、日陰を通った。

郵便局を兼ねているという雑貨店は、壊れかけた陸橋のかかった、急な坂道の下にあった。その前には、ご多分に漏れず、長い行列が出来ていた。先頭の方はまるで蟻《あり》の列のように小さく見える。これは雑貨店に並ぶ人なのだろうか、それとも郵便局に並ぶ人なのだろうか？

「あの、すみません」あなたは行列の最後尾に並んでいる、青い帽子の女に声をかけた。

「この行列は雑貨店の行列ですか？　郵便局に用があるんですが」

するとと女は眉間《みけん》にしわを寄せ、不機嫌そうに答えた。

「どっちにしたってあたしの後ろに並ばなきゃ。列は一本きりだよ」

「雑貨店には何の配給があるんです？」

「さあね」

「贈り物だよ」

女との会話とも言えない会話に、突然しわがれ声が割り込んできて、ぎょっとして振り返ると、ぼろぼろの身なりをした老人が後ろに立っていた。

「きっと、贈り物さあ」

ぼんやりと空を眺めながら老人は言う。すると女が怒った様子で言った。

「ふん、贈り物っていうならもう少しマシなものを、もっと急いで、平等に配るべきだと思うけどね」

ちょうど政府軍の兵士が数人、小銃を携行しつつ列の横を通り過ぎて、女は口を噤《つぐ》んだ。老人は聞いていない様子で、口をぽかんと開け、空を仰ぎ続ける。あなたもまた、んん、と小さな咳払いをし、胸を張って、老人よりも自分の方が先に並んでいることを主張した。そうこうしている間にも、どんどん人が並んでいく。

前に青い帽子の女の後頭部を見つつ、あなたは列に並べてほっとひと息つき、まったくもって、この女の言うとおりだと思った。配給品が贈り物なら、もっと手早く、全員に行き渡るように配らなければ――しかしその時ふと、この老人は違うことを言っているという思いが、あなたの脳裏を過った。

郵便局に届いている小包のことだ。あれは贈り物と呼んで差し支えないだろう。きっと妹夫妻が自分を思いやって、送ってくれた贈り物なのだろうから。

そう考えると、期待と希望で胸が膨らんでくる。中身はもしや肉だろうか？　何かの缶詰？　甘い菓子類でもありがたい。とにかく、贈り物は喜ばしいものだ。

早くこの行列が進めばいいのに。あなたはそう思うが、いつものごとく行列は遅々《ちち》として進まない。のろのろと、一歩進んでは立ち止まり、一歩進んでは立ち止まりを繰り返し、太陽が中天《ちゅうてん》に昇る頃になっても、雑貨店は遠かった。

その時、急に突風が吹いて、あなたの帽子を飛ばした。帽子は坂道を転がり落ち、あっという間もなく、近くにいた子どもたちが群がる。あなたは列を抜けられず、追いかけることもできない。為《な》す術《すべ》なく、子どもたちが帽子を盗んでいくのを呆然《ぼうぜん》と眺める。

髪が風に揺らぐ。いつもであれば、あなたは後頭部に手をやり、〝あの痕〟を隠そうとしただろう。しかし内心、後ろに並んでいる老人を侮《あなど》っていたあなたは、そのままにしていた。どうせこの老人には気づかれないと思った。だから、

「あんたのその頭、どうしたんだい」

と問われた時、心臓が飛び出るかと思うほど高く跳ねた。

「えっ？」

振り返ると老人は、息がかかるほど近い距離にいた。

「その頭さ。そこだけ禿《は》げちょろけで、穴が空いているみたいに見える。散髪で失敗でもしたのかい？」

あなたは後頭部をしきりと手で撫でさすりながら、苦笑いした。

「……そんなところです。まあ、自分で髪を切るもんじゃないですね。手が滑って、一部

短く刈りすぎたんですよ」

すると老人は顎《あご》をぐっと引いて訝《いぶか》しげな顔をした。

「自分じゃやってないだろう。そいつぁ、誰かにやられた痕じゃねえのか。カミソリでさ。理髪師を怒らせて嫌がらせでもされたかい？」

「……あなたには関係のないことです」

親指大の、一部だけ剃《そ》ったような痕。あれからひと月以上の時間が経ち、髪はごく短くだが生えてはきている。早く伸びろ、とあなたは毎日心の中で念じた。早く伸びて、他の髪と紛《まぎ》れ、あのことを、あの時のことをすべて忘れさせてほしい、と。

あなたは行列に並びながら、記憶だけは、遡《さかのぼ》っていた。

一年にわたった内戦で、反政府ゲリラの敗戦色が濃厚になってきた頃のことだ。間もなく日が暮れる夕刻、政府軍の戦車が轟音《ごうおん》を立て、ゲリラ隊の機関銃がバラバラと撃ち返す市街戦の最中を、あなたはすばしっこいネズミのごとくすり抜けた。いつものように、爆撃を受けた家に忍び込み、めぼしいものを漁《あさ》って戦利品を得るために。

あたかも忘れ物を取りに戻るふうを装い、避難する人々の流れに逆行し、怒声《どせい》を上げるゲリラ隊のすぐ間近に近づいていく。家々の明かりは消え、ほとんどの人が避難したように見える。あなたはそんな家々の中から、ひときわ薄暗い一軒を選ぶと、玄関の戸を開けた。家主は慌てて出ていったのか、鍵はかかっていなかった。

一階の玄関ホールには柱時計があり、振り子が揺れている。耳を澄ますが、人の声は聞こえてこない。あなたは足音をなるべく立てぬよう慎重に――とはいえ床が古く軋《きし》むせいで、時折ギシリという音が鳴ったが――抜き足差し足、台所に向かった。

ごく普通の民家に見えた。食器棚には皿やカップが並び、ガスストーブの上には琺瑯《ほうろう》の鍋《なべ》が置いてある。床に置かれた麻袋にはじゃがいもが入っていて、あなたは上着のポケットから布袋を取り出すと、じゃがいもをいくつか盗んだ。食器類は残念ながら銀製ではなかったので無視し、他にめぼしいものを探しに居間へ向かった。

一歩足を踏み入れた瞬間、絨毯《じゅうたん》がやけに沈む、と気づいたが、あなたは床板が腐っているのだろうと思い直し、盗みを続行した。マントルピースの上に並んだ陶器の置物、真鍮《しんちゅう》製の置き時計。しかし妙な感じがした。椅子もテーブルもソファもある、物品もそこそこ並んでいる。普通の居間に見える――そこがおかしいのだ。

何度となく他人の家に無断で上がり込んできたあなたは、普通、家というものはもっと雑然としているものだと知っていた。特に来客があるわけでもない日、それどころか内戦状態という混乱の最中では、居間を片付けようとする人間は少ない。しかしどうだろう、この家の居間はいかにも居間らしすぎる。まるで家具の見本市か、玩具《がんぐ》売り場の人形の家でも見ているかのようだ。いつお客様をお迎えしても、「ようこそここは普通の家です」と答えられる家。しかし、人が暮らしている気配が薄い。絨毯にへこんだ踏み跡や椅子を引いた跡がほとんどなかったし、壁紙は日焼けしていなかった――つまりカーテンを開けていないということだ。

違和感に気づいたあなたは、手にした置き時計を慌ててマントルピースの上に戻した。ここは普通の民家じゃない。

身を震わせて踵《きびす》を返そうとしたその瞬間、何者かに背後から口を塞《ふさ》がれ、片腕で脇の下を固められた。あなたは暴れて抵抗するが、後ろにいるのはかなり屈強な男らしく、びくともしない。

「火事場泥棒か、卑しいな」

耳元で囁《ささや》かれると同時に、喉元《のどもと》に冷たい感触が触れる。ナイフだ。あなたはごくりと唾《つば》を飲み込み、両手を挙げた。

「ほんの出来心だ。許してほしい」

あなたが震える声で命乞《いのちご》いをすると、背後の男は笑った。

「お前、とんだ家に忍び込んでしまったな。さっさと出ていけと言いたいところだが、俺が捕まえる前に、お前はその時計を置いて去ろうとした。もうここが普通の民家じゃないと気づいてしまったんだろう?」

男がそう言うや否や、絨毯が勢いよくめくれた。そして下から、男の仲間らしき人間が顔を出した——居間に入った時、やけに沈むと思った箇所だ。地下室へ通じる扉になっていて、かすかにへこんでいたのだ。

「反政府ゲリラの巣穴へようこそ」

あなたは男に引きずられ、仲間の手によって地下室へと入れられた。暴れても、相手の力の方が強い。反政府ゲリラの面々によって後ろ手に縛られ、椅子に座らせられた。

地下室は黴臭《かびくさ》く、薄暗かった。丸テーブルの上に蠟燭が三つ灯《とも》り、集まっていた人々の顔を暗く浮き上がらせていた。男女併せて十数名程度だろうか。全員、深刻な面持《おもも》ちであなたを見つめている。

あなたを最初に捕まえた男に代わり、ハンチング帽をかぶった男が前に出て、拳銃《けんじゅう》を構えた。銃口はまっすぐあなたの額を捉《とら》えている。

「ま、待っ」

「待つも何も。アジトのひとつを知られた以上、お前を生かしてここから出すわけにはいかない」

あなたが抵抗する前に、正面にいた女が爪を噛《か》みながら言った。

「殺すの?」

「もちろん。でなきゃどうする」

「生かして、逃がす」

「何だって?」

女は爪を噛む手を口から離し、丸テーブルに触れた。

「泥棒は泥棒だけど、一般人でしょ。殺すのは道義に反してる」

他のゲリラの面々は互いに顔を見合わせる。そして意見を戦わせる――女の言い分が正しいと考える者と、間違っている、すぐ殺さねばと考える者と、何も答えない者とで。その間、あなたは奥歯を噛みしめ脂汗《あぶらあせ》を滴《したた》らせながら、この家に盗みに入ったことを悔やみ、自分の命が救われるよう、ただひたすらに祈った。

外では戦闘の音が続いている。あなたは緊張のあまり気づいていなかったが、地下室の中は整理され、逃走の準備が整えられつつあった。実際、そう、敗戦を予感してゲリラたちは焦っていた。一部からは白旗を掲げて降伏すべきだという声も上がるほどだった。しかし降伏など認める政府ではない。負ければ、全員が処刑されるだろう。これ以上市民が蜂起したりせぬように、見せしめに殺される。

「今が踏ん張り時なんだ」とハンチング帽の男が言う。「少しの油断もできない。逃げ切るにはこいつを殺して、口封じしなければ」

冷たい視線が、あなたに向かって一斉に注がれる。このまま脳天を撃たれて人生終わりだ、とあなたが覚悟した時、かの女が再び止めた。

「待って、ひとついい案がある」苛立《いらだ》たしげにまた爪を噛みはじめる。「逃げる前に、私の弟を救い出すはずだったでしょう」

この女の弟は、政府側の内務部に潜入した内通者だという。身元を偽って試験を受け、苦労して潜入し、仲間に情報を流していた。最初は複数人いたが、ひとり、またひとりと暴かれ、最後に残ったのが彼女の弟だった。

「あの子を逃がさなければ」

命がけの危険な任務についた者も見捨てない、逃亡の際は合図を送る——夜の九時きっかりに、街の教会の鐘楼《しょうろう》に昇り、信号灯の光を三回点滅させる。そういう取り決めだった。しかし連日の戦闘で多くの人員を失い、退却を間近に控えた彼らには、そんな余裕はなかった。

「私たちのほとんどが政府側に顔を知られているから、この男に行ってもらいましょう」

「本気か？　こんなやつが信用できるか？」

「もっと適任な人がいるならその人に任せる。でも、他のアジトの闘士たちだって、もうどのくらい生き残っているかわからない。私たちは彼らを助けなくちゃ」

彼女の意見は、他の闘士たちに徐々に浸透していき、最終的にはこのアジトにいる全員が納得することになった。あなたに選択肢はなかった。身分証を奪われ、名前と住所を知られた。

「裏切ったら殺す」

ゲリラの闘士はそう言うと、剃刀《かみそり》をあなたの後頭部に当て、髪の毛を親指大の円形に剃った。

「もし俺たちを密告したら、ここに銃弾をぶち込んでやる。どこに隠れても見つけ出すからな」

外に出ると、日はとうに落ち、あたりは漆黒《しっこく》の闇に包まれていた。あなたは縛られ続けて痛む手首をさすりつつ、後ろをちらちらと確認しながら、命じられたとおりに街の教会へ向かった。あなたとわずかに距離を置いて、ハンチング帽の男があなたを監視していた。

戦闘は一時中断されているようで、銃撃の音は止み、あたりは静かだった。あとひとつ通りを越えれば教会に着くというところで、あなたはハンチング帽の男から、小型の信号灯と時計を渡され、「いいか、忘れるなよ。九時きっかりに、信号灯を三回点滅させるのを三回繰り返すんだ。敵に見つかったらとにかく逃げろ。アジトのことは絶対に言うな」と念押しされた。ハンチング帽の男とはここで別れ、あなたはひとりで教会の鐘楼へ向かった。

鐘楼の塔には梯子《はしご》がついており、教会の中に入らずとも上がることができた。元々は身軽なあなただが、緊張と手首の痛みで思うように梯子を登れない。それでもどうにか、頂上まで登り切り、爬虫類《はちゅうるい》のようにずるりと這《は》いつくばって鐘楼に入り込む。

見晴らしがいい。満月が空にかかり、照明を切って暗い街並みをかすかに照らす。あなたは深呼吸して時計を確認した。間もなく九時になるところだ。信号灯を床に置いて準備を整えようとした。

床にあった木の扉が勢いよく開き、数名の男たちが現れ、あなたを拘束した。もしやまたゲリラの闘士かと思ったが、全員軍服を着ている——政府軍の者たちだった。あなたが通らなかった教会内に潜んでいたのだ。あなたは再び後ろ手に縛られ、急な階段を引きずられるようにして、階下に連れて行かれた。

あの爪を嚙んでいた女の弟は、すでに拘束、尋問され、逃亡の際はこの教会の鐘楼から合図が送られるということを、吐かされていたのだ。

「おい、あんた、大丈夫かね」

後ろから声をかけられ、はっと我に返ったあなたは、老人を見た。記憶を遡らせてぼうっとしていたが、現実ではまだ行列に並んでいる。

「……え、ええ。大丈夫です」

「本当か？　まるで目を開けたまま気絶しているみたいだったよ」

あなたは苦笑いし首を横に振ると、あらためて行列の先頭を見た。無意識のうちに足を動かし、進んでいたのが幸いだった、列はかなり前に進んでいて、雑貨店兼郵便局は近づいていた。もう三十分もすれば中へ入れるだろう。

記憶の底から息を吹き返したあなたはひとまず安堵《あんど》し、後頭部を撫でた。そこには変わらず、親指大の剃り痕が残っている。

あなたがふと横に視線をやると、広場があった。

腐臭がする。漂ってくる。広場から——見せしめに殺され、吊されて、風にぶらりぶらりと揺れるゲリラたちの遺体から。

脂汗がじんわりと吹き出し、目を逸らす。自分が出会ったあのゲリラたちもきっと殺されただろう。あなたはそう考え、額ににじんだ汗を袖口《そでぐち》で拭《ぬぐ》い取る。

あなたが身分を変え、引っ越して今のこの街に移り住んだのは、ひょっとするとあのゲリラの中に生き残りがいて、あなたを殺すかもしれないと思ったからだ。剃り痕を触るたびに、ここに銃弾を撃ち込まれたらと想像してしまう。

あなたは結局、ゲリラたちを売った。どうしようもなかった、あなたはこの一ヶ月間、何度も自分にそう言い聞かせてきた。内務部の将校に尋問された自分に、他の選択肢があっただろうか？　目の前に、すでに拷問されて傷だらけのゲリラの潜入者、あの女の弟がいる状態で。椅子の下に広がったあの血だまり。項垂《うなだ》れた顔は醜く潰《つぶ》されていた。

嫌なことを思い出すんじゃない。贈り物だ、贈り物のことを考えるんだ。妹夫妻から送られてきたのだろう小包のことを。今の名前？　住まい？　そんなこと、自分が手紙に書いて送ったに決まっている。新しい名前、新しい土地での暮らしを、妹夫妻に書いて知らせたのだ。きっと、確か、そうだったはずだ。

暑い。やけに太陽が照りつけてくる。ああ、行列はまだ進まないのか。今何時だろう。空腹と、広場から漂ってくる臭気で吐き気がする。おかしくなってしまいそうだ。

行列は蛞蝓《なめくじ》の歩みのようだ。このじりじりとした行列さえ早く解消されれば、小包を手にし、喜びに満ち溢《あふ》れながら帰路につけるだろうに。

あなたは必死で、「妹夫妻からの贈り物」のことを考えようとしたが、どうしても記憶の底に淀《よど》む澱《おり》に呼ばれ、あの日を振り返ってしまう。

将校は、部下にあなたを突っ伏させると、後頭部に銃口を押しつけてきた。「ひとつでも嘘をついたら撃つぞ」と脅し、そして問い詰める。教会で何をしようとしていたのか、誰から命じられたのか、ゲリラたちはどこに隠れているのか、あなた自身はいったい何者なのか。あなたはすべてに正しく答えた。

潜入者はすでに死んでいた。彼が隠し持っていた本当の身分証は、尋問室の机の上にあった。あなたは銃口を突きつけられたまま密告したアジトまで連行され、確かにゲリラたちが潜んでいるとわかると、拘束を解かれ、自由の身となった。

あなたは命からがら逃げ出せたことを神に感謝し、泣きながら街を走った。背広のポケットの中には、潜入者の本物の身分証が入っていた――逃がされる間際、将校が「報酬だ」と言って、あなたにくれたのだ。あなたは家に帰ると、すぐに荷造りをして、住み慣れた街を後にした。風の便りで、その街にいくつかあったゲリラたちの隠れ家が、一網打尽《いちもうだじん》にされたことを聞いた。

行列は少しずつ進んでいく。雑貨店兼郵便局まであとわずかだ。あなたは喉の渇きを感じ、ごくりと唾を飲み、犬のように口を開けて荒く息をした。すぐ前に立っている青い帽子の女が肩越しに振り返り、嫌な顔をするが、暑さと記憶の坩堝《るつぼ》にいるあなたは気がつかない。ただひたすらに、行列の先頭がひとりずつ扉の向こうへ消え、また出てくるのを凝視していた。

そしてようやく、青い帽子の女が扉を開け、あなたの目の前で閉まる。次はあなたの番だ。あなたは空を仰いで待った。

あなたのことを知るゲリラたちは全員死んだのだ。復讐《ふくしゅう》しに来るはずがない。しかし広場から流れてくる腐臭を嗅《か》ぎ続けていると、大家の老婆の言葉が甦《よみがえ》ってくる。「――集団墓地とは名ばかり、穴に放り込まれて埋められる。あんただってそんな目に遭わされたら、化けて出てくるさ」。いや、そんな馬鹿な。あり得ない。

ああ、この扉の向こうに、贈り物がある。手の届く範囲に。もう少しだ。もう少し、もう少し、もう少し、もう少し……

扉が軋む音がして視線を落とすと、青い帽子の女が出ていくところだった。あなたは心臓が強く脈打つのを感じながら、扉を開け、雑貨店兼郵便局の中へ入った。

窓から日が差し込む店内には、物がほとんどなかった。ベンチが三台横に並んでいるきりで、かつて壁の陳列棚にあっただろう商品のたぐいはひとつもない。カウンターの内側に店員がひとり。しかし、他には誰もいないかと思っていたが、違った。ベンチに制服姿の兵士がふたりと、軍帽を目深にかぶった将校がひとり、座っていた。きっといつもの見張りだろうと、あなたは思った。

あなたはカウンターへ向かい、疲れた顔の店員に名乗って、身分証を置いた。

「私宛の小包が届いていると聞いたのですが」

無愛想な店員は何ごとかぼそぼそ呟きながら踵を返し、棚が並ぶ薄暗い奥へと消えた。

静かだ、とあなたは思った。自分の呼吸がうるさく感じるほど、店内は静まりかえっていた。物音くらい、カウンターの奥から聞こえてきてもいいはずなのに、何の音もしない。

その時だった。背後に気配を感じて振り返ろうとすると、襟首を摑《つか》まれ、冷たく固いものが後頭部に押し当てられた。

あの晩と同じだ――銃口だ。あなたは全身を震わせながら、必死で目だけを動かし、ベンチの方を見た。ふたりいたはずの兵士がひとり減って、ひとりの兵士とひとりの将校が腰掛けている。つまりあなたを拘束しているのはふたり目の兵士だ。

「動くな」

「待ってください……私はただ小包を取りに来ただけです」

「黙れ、命令だ」

銃口が更に強く押しつけられ、あなたはカウンターに突っ伏した。両手をばたつかせて抵抗を試みると、もうひとりの兵士がやって来て、あなたに手錠をかけた。

自分は何か違反でもしたのだろうか、不満分子と思われたのだろうか、それとも、火事場泥棒の過去が暴かれたのだろうか。混乱するあなたの両目に、ベンチからゆっくりと立ち上がる将校の姿が映る。

将校は冷淡な声でふたりの部下に訊《たず》ねた。

「後頭部に親指大の剃り痕があるか」

「はい、ございます」

「では間違いないな」

剃り痕。あなたの脳裏に、あの晩、ゲリラの闘士に剃られた記憶が甦る。まさかこの将校は、軍服で変装した、生き残りのゲリラの闘士なのか。裏切ったあなたに復讐するためにやって来たのだろうか。

軍靴の踵《かかと》を鳴らしながら近づいて来る将校の顔を見て、あなたの顔から血の気が引いた。ゲリラの闘士ではない。変装などとは違う、本物の軍人だ。それも、あなたを教会で捕え、尋問し、すべてを吐き出させた政府軍の将校その人だった。

あれから一ヶ月以上経っている。一度は逃がされたのに、今になっていったいどうして――あなたは汗をだらだらとかき、目を瞠《みは》った。あなたに気づかれたことを悟った様子で、将校は口の端を歪《ゆが》ませてにやりと笑う。

「驚いたようだな。なぜ私がまた貴様の前に現れたのか、その理由を知りたいか?」

垂れ落ちた冷たい汗にこめかみや頬を浸しながら、あなたは何度も頷《うなず》いた。声を出そうにも喉の奥がつかえて何も言えない。将校は不敵な笑みを浮かべたまま、答えた。

「逃げおおせたと思っていたのだろうが、違う。貴様のことはただ泳がせていただけだ。我々は待っていた。ゲリラの残党が裏切り者を殺すために、貴様のもとにやって来るのを。つまり餌だ」

将校はカウンターに残ったままの身分証に触れる。あなたに「報酬」として渡したものに。あなたはあれからずっと、将校の部下から、尾行、監視されていた。

「しかし魚は一匹も釣れなかった。ゲリラどもは、もはやひとりも生き残っていない。確かに根絶やしにできたようだな」

あなたは口も喉も渇ききって、喘《あえ》ぐことすらできない。

「貴様はもう用済みだ」

まつげを震わせながら、あなたは眼球をぐるりと動かし、カウンターの奥を見た。あなた宛の小包を取りに行っているはずの店員は、手ぶらで、棚と棚の間にうつむき立っている。

「……貴様宛の小包などはじめから存在しない。この身分証の名で呼び出すよう、私が店の者に命じたのだ。物資不足で腹を空《す》かせている人間には魅力的な嘘だろう？　思ったとおり、貴様はまんまと罠《わな》にかかった」

すぐ後ろで、拳銃の撃鉄《げきてつ》を起こす音がした。あなたは小便を漏らし、膝《ひざ》から力が抜けてその場にくずおれそうになるが、もうひとりの兵士によって襟首を乱暴に摑まれ、カウンターに押し戻された。

「強《し》いて言うなら、これから貴様の頭に撃ち込む弾丸が、貴様への贈り物だな」

その言葉を最後に、あなたの頭にいまだかつて経験したことのない強い衝撃が走り、あなたは両目を開いたまま床に倒れた。後頭部の剃り痕から赤い血が溢れ出て、床を汚していく。

こうしてあなたは死んだ。私たちの望み通りに。

広場から腐臭が漂ってくる。殺された後も吊され、風雨に晒《さら》され続ける体の中には、もういない。私たちはここにいる。

裏切られた私たちは、執念を持ってあなたを見続けた。あなたの記憶を覗《のぞ》き、あなたの感情のひだに触れて、私たちはあなたのことを知った。あなたは死者の存在を信じず、生き残りのゲリラからの報復だけを恐れていたけれど、実際のところ、私たちは死後もあなたのそばにいたし、あなたはずっと政府軍から監視されていて、結局は殺された。

私たちはあなたを許さない。あなたが裏切りの記憶に苛《さいな》まれ、恐怖に震える様を見ても、許そうとは思えなかった。

しかしすべては終わった。

あなたの瞳《ひとみ》から完全に光が消えると、魂が口から飛び出し、転がり落ちた。私たちはその魂をそっと拾い上げた。

将校はあなたに弾丸を贈った。私たちに贈られたのは、無慈悲な死と、あなたの魂。それからもうひとつ。将校自身だ。

私たちはあなたの遺体から離れ、遺体を処分するよう部下に命じる将校のまわりを取り囲んだ。同様に殺された大勢の死者たちが集まってくる。あなたもじきに目を覚ます。

次はお前の番だ、将校に取り憑《つ》いた私たちの内側から声が聞こえる。

お前を逃がしはしない。内戦はまだ終わっていないのだ。

プール

「ねえ、赤い虫が泳いでる」

犬かきしていたマチが急にそう言ったので、私は浮かぶのをやめてプールの底につま先をつけた。水泳の授業の最中だったが、ぎらつく太陽に先生も嫌気が差したらしく、生徒を放って日陰のベンチでへたばっている。クラスメイトの女子たちはみんな、適当に泳いだり、水をかけあって遊んだり。

「ねえシイちゃん」

「わかったって。赤い虫が何？」

「見て、ほら」

マチはひまわりも顔負けの笑顔で、揺らぐプールの波間を指さした。たしかにそこには「パキッ」という擬音《ぎおん》が似合う鮮やかな赤色の、小さくて四角いものが、ぷかぷか浮いていた。甲虫《こうちゅう》だろうか？　爽《さわ》やかな水色のプールに真っ赤なそれはとてもよく映える。引き寄せられるように手のひらで掬《すく》い上げようとした時、私は正体に気づき、思わず顔をしかめた。

「……マチ。これは虫じゃないよ」

ふらふら逃げ回るそいつを手のひらのくぼみでうまく受け止めると、水面の光の網から掬い、マチに見せる。四角くて小さくて、少し湾曲しているもの。パキッと鮮やかな赤色はマニキュア液のせい。

「足の親指の爪」

「ぎゃっ!」

差し出したとたんマチは飛び退《の》き、はずみで足を滑らせたのか、そのままごぼごぼとプールに沈んでしまった。慌てて腕を摑《つか》んで引っ張り上げる。マチはげほげほごほごほと咽《む》せながらプールサイドにもたれかかり、私はその華奢《きゃしゃ》な背中をさすってやる。私のせいで溺《おぼ》れかけたかと本気で心配した。

「大丈夫?」

「は、鼻に水が入った」

マチは排水溝に向かって「べへー」と口と鼻から水を垂らし、それがあまりにもおかしな顔だったので、私はつい吹き出してしまった。

「こら、お前ら。何してる」

視界に、ちょっと筋張った大人の女の人の足が入ってくる。私たちの丸っこい足指よりもずっとしわのある。

「お、先生」

「危ないだろ、溺れるようなことすんなよ」

先生はふくらはぎがたくましい足を開き、両手を腰に当てて、私たちを見下ろしている。長い髪をてっぺんで結《ゆ》わえたお団子頭のせいで、シルエットがお寺の仁王《におう》像っぽい。

「いやー、だって、見て下さいよこれ。爪ですよ、爪！」

「はあ？　爪？」

「誰か怪我したんじゃないですか？」

手の中の親指の爪を差し出すと、先生は顔を思いっきりしかめながら屈《かが》んで、嫌そうに私から爪を受け取った。でも、マチほどでなくとも少しは驚くだろうと思ったのに、先生は笑った。

「馬鹿だな、本物の爪じゃないよ、これ。付け爪だ」

「えっ！」

「マジで人間の爪が剝《は》がれたら、肉とか皮膚とかついてくるし、もっとグロテスクだよ。めちゃくちゃ痛いから大騒ぎにもなる。でも誰も騒いでないし、見てみな、これは付け爪だろうが」

「……これが？」

実物の付け爪は見たことないけれど、確かに先生の言うとおり、肉片もなければ人間の一部だった生々しさもなく、つるっとしている。

「なあんだ、シイちゃんの馬鹿。足の爪とか言うからびっくりして、本気で溺れるかと思ったよ」

マチはそう言ってプールの水面みたいにきらきらした笑顔をこっちに向けたので、私はつい視線を逸《そ》らして先生を見る。

「え、でも先生。付け爪なら誰のっすかね？」

「そうなんだよな。校則違反、だ。うちはマニキュアもペディキュアも付け爪も禁止」

先生は面倒くさそうに溜息《ためいき》をついて、手に持っていた名簿のバインダーで自分の太ももをパンと叩《たた》いた。

「……お前ら、これは見なかったことにしろ」

「ええ？」

「たぶん誰かが休日に付けたのを外し忘れたんだろうが、そんな細かいとこまで突っ込んでたらきりがないし、今日プールを使った生徒を全員調べるのは大変だからな。ってことで、風に乗って校外から飛んできたことにしよう」

大人の都合を並べ立てた先生は、付け爪を手に載せたまま、さっさと日陰のベンチへ戻ってしまった。私とマチは顔を見合わせる。

プールサイドの時計は、あと三十分、授業が残っているのを示している。先生はたぶんチャイムが鳴るまで日陰から出ないし、私は水の中で暇をもてあまし、クラスメイトたちは水を掛け合ってはしゃぐ。

女子たちの笑い声と一緒に、ごうん、という音が聞こえる。プールの隣にあった空き地を公園にするらしく、設置中の遊具か何かがどこかに当たったんだろう。現場監督っぽいおじさんの声が響いた。

水につかるのちょっと飽きたな、と思いつつ、どぷんと潜って、太陽でやけどしそうな頭を冷やせるのは、何にも代えがたいほど気持ちがいい。

浮いたり沈んだりを繰り返しながら、さっきの付け爪のことを考える。いったい誰の付け爪だろう？　クラスメイトのミサキかケイだったら、彼氏もいるし、張り切って付け爪してデートっていうのもありそうだ。今日は月曜、昨日は日曜。きっとおしゃれして出かけて、外し忘れたまま登校して、あいにくプールの授業で……なんてつい考えてしまうけれど、先生の言うとおり持ち主を探すのは骨が折れるし、本当のところ、誰が校則違反したか穿鑿《せんさく》する気はなかった。そもそもミサキかケイに限定しちゃうのもまずい。他の誰でもあり得るんだから。

マチの方を見ると、彼女はもう爪の件に飽きたのか、ビート板を背中の下に入れて仰向《あおむ》けになり、気持ちよさそうにぷかぷかしている。私も一緒になって、並んで仰向けになる――泳ぎの得意な私はビート板なしで大丈夫。視界のはしに、公園建設中のクレーンの首がちらっと見える。みんなの楽しそうな声を聞きながら目を瞑《つむ》ると、マチが変なことを言った。

「プールで浮いてるとさ、砂漠のことを想像しない？」

「しない」

きっぱり否定するとマチは「シイちゃんはほんと想像力ないよね」と悪態を吐《つ》いた。

「想像力は大事だよ。心の栄養になる」

「はあ？　何かっこつけてんの。それに想像力の問題じゃないでしょ、なんでプールと砂漠が繋《つな》がんのよ。砂漠には水がないのに」

「夏のプールってさ、水は冷たいのに、太陽はぎらぎらしてるでしょ？　こうやって浮かんでると、砂漠のオアシスってこんな感じなのかなって想像する。表面はじりじり焼かれてるのに、背中とおしりのあたりは冷たいの。アラビアの王様の気分」

「あっそう」

「考えない？　もしかしたらこうかもって。たとえばさっきの赤い付け爪もさ。誰がどんな気持ちで、足の爪を赤くしたんだと思う？」

　私は浮くのをやめて爪先《つまさき》でプールの底を蹴《け》り、浮かんで、沈み、また底を蹴る。手足を動かすと水はやわらかいゼリーのように体にまとわりつき、プールに波が立って、死体みたいに浮かぶマチが揺れる。

「……そんなの、誰にもわかんないよ」

「そうかな。少なくともおしゃれしたかったんだと思わない？　ひとりでおしゃれしたのかな、それとも誰かのために？」

　空を仰いでいたマチがこっちを見る気配がしたので、私はまた視線を逸らす。プールの外ではひまわりの群生が花咲いている。目が痛くなるほど鮮やかで、元気の象徴みたいな黄色い花。先生が持っていってしまった赤い付け爪のことが頭から離れない。

「赤いペディキュアって可愛いよね。私、大好き」

　マチとは幼稚園から一緒で、つまり幼なじみといえる関係だけど、高校に入るまでそんなに仲良くはなかった。クラスが同じにならなかったというのもあるし、趣味が違ったせいもある。天真爛漫《てんしんらんまん》なマチは友達も多かったけど、私は地味で、陰気で、まあオタクだった。地下暮らしのもぐらにお天道様《てんと》の輝きは眩《まばゆ》すぎるのだ。

関係が変わったきっかけは、中学二年生の冬のことだ。公立の中学から私立の女子高校を受験すると決めた時、進路指導室にマチがいて、そこから友達付き合いがはじまり、一緒に勉強して願書を出し、同じ学校に入学した。気がついたらいつもふたりで過ごすようになっていた。この間もそうだ。夜に待ち合わせして、ふたりだけで夏祭りに出かけるくらいに、親しくなった。マチは浴衣《ゆかた》で、私は普通の服。

「ねえ、ちょっと推理してみようよ」

ぼんやりしていたら突然、むき出しの肩にマチの肩が触れて、ぎょっとしてつい体を離してしまう。マチの表情は特に変わらない。

「ごめん、ぼうっとしてた。推理が何だって?」

「だから、付け爪の持ち主」

「やめときな。校則違反のチクリになっちゃうよ」

「誰にも言わない。私とシイちゃんの間だけで、勝手に想像するの。タイムリミットはこのプール授業が終わるまで」

マチはそう言うとプールサイドの縁《へり》を摑み、蟬《せみ》みたいになったかと思うと、ぐっと背中を丸めて両足で壁を蹴った。その瞬間、素のままの足の爪がちらりと見え、マチは仰向けでぐうんと伸び上がって水を分け、やがて失速して沈んだ。

ごぼごぼと湧き上がる泡を見ながら、仕方がない、付き合ってやるかと決める。ひまわりの向こう、青空の遠く先に、雷雨を連れてきそうな不気味な灰色の雲が見えるけれど、こっちまで来るのはまだもう少し先だろう。

「まず、どうして付け爪なの？　ってとこだよね。直接塗っちゃえばいいのに」

私たちは顎《あご》と両腕をプールサイドの縁に乗せ、おしりと足を伸ばして、今度は俯《うつぶ》せで水に浮く。言い出しっぺだけあって、マチは推理小説の探偵みたいな着眼点から疑問を投げてきた。

「うーん、マニキュアが買えなかったとか？」

「付け爪のほうが高くない？　それにマニキュアならドラッグストアでも売ってるけど、付け爪はある方が珍しいでしょ。どうしてあえて付け爪？」

「そうだなあ」

手で顔を拭《ぬぐ》うと、指先がぼこぼこして、すっかりふやけている。

「時間がなかった、とか」

「つまり？」

「マニキュアを塗る時間。マニキュアって乾くのにめっちゃ時間かかるでしょ、足の指の爪を全部塗ったら、完璧《かんぺき》に乾くまで十五分はかかる」

「なるほど。準備に余裕がなくて、付け爪で間に合わせたと。でもそれだと、付け爪を売ってる店を探して買う暇もなくない？　それに付け爪だって接着に時間がかかるよ」

「じゃあ、塗るのがすごく下手とか」

「ああ、それはありそう。あらかじめ買っておいて、出かける前にじっくり接着」

ペディキュアを塗ったことのある人はわかるだろうが、あれはメーカーによって乾く時間が違って読めないし、すぐによれるし、特に足の指は他の指にくっつきやすいので台無しにしてしまう。その点、すでに色が塗ってあって装着するだけの付け爪は楽だ。

とはいえ、何だか引っかかる。

「さっきの付け爪って、親指だったよね」

「うん」

「おかしくない？」

「何が？」

疑問になんか少しも思っていない様子で、マチは水泳帽をぐにっとひっぱり、はみだした前髪を中に押し込もうとしている。

「他の指の付け爪を外し忘れてたならわかるけど、親指ってめちゃめちゃ目立つよ。自分で気づくんじゃない？　普通」

「朝、寝ぼけながら靴下を穿《は》いて、ちゃんと爪先を見なかったんだよ」

「だとしても、水着に着替える時に気づくでしょ」

制服を脱ぎ、靴下を脱ぎ、素足になって、あんなに鮮やかな赤色をした爪に気づかないなんて、あり得るだろうか？　足の親指の爪は、びっくりするくらい、でかい。

「確かにそうだね。すごい、シイちゃん本当に名探偵みたいじゃん！」

マチは無邪気に喜び、くるんと大きな瞳《ひとみ》で私を見る。どうしてそんなに変わらずに真っ直ぐでいられるの、って、あの日から何度も訊《き》きたくなった言葉を、今日も飲み込む。

境内《けいだい》に並ぶ夜店、綿飴《わたあめ》の甘い匂い、口の中でしゅわしゅわと弾《はじ》けるラムネ、視線を落とせば、林檎《りんご》飴と同じ色をした爪。

「シイちゃん？　大丈夫？」

「ごめん、ちょっと考え事してて……えっと、付け爪だよね」

足の親指の爪が真っ赤に塗られていたら、気づく。しかも裸足《はだし》になるプールの授業中だもの。準備体操だってあるから、前屈《ぜんくつ》の段階で気づかなきゃおかしい。もし、本当に万が一、本人が誰かとおしゃべりに夢中で気づかなかったとしても、きっと誰かが教えてやるだろう。プールサイドに入ってやっと気づき、先生に見つからないうちに捨てるのなら、プールの中よりも外の花壇に捨てた方が絶対いい。付け爪は小さいし、仕切りの隙間くらい余裕で通る。青色のプールで真っ赤な爪を捨てたら、マチが見つけられたように、すごく目立つ。

だったら、なぜ？

マチは私の答えを待っている。私は頭にひとつの答えが浮かんでいたけれど、言いづらくて、唾《つば》と一緒にぐっとのどの奥に隠す。

「やめた」

「ええー、やめちゃうの？」

「だってわかんないもん、本当のところなんて」

小さな子どもみたいに唇を尖《とが》らせたって、ダメ。私はプールの底を蹴り、マチから離れた。

付け爪をしていたことに気づかないなんてあり得ない、としたら、うっかり落下の次に高い可能性、〝わざと〟が浮上してくる。誰かがわざと付け爪をプールに捨てた。どうして？　答え、誰かに見つけてもらうため。

「シイちゃん、どうしたの？」

二の腕をぎゅっと摑まれる。マチは逃げても追いかけてくる。困った顔どころか、泣きそうな顔で。これが演技だったら表彰ものだ。私はもっと逃げたくなる衝動を堪《こら》えながら、マチの手を自分の腕からそっと離し、すぐに手を引っ込める。

何でもない。暑くて、ちょっと気分が悪くなってきただけ。プールからあがればきっとよくなる。本当にくらくらしてきた。

そう言いかけた時、かすかな遠雷が聞こえてきた。まだ来ないだろうと思っていた濃い灰色の雲が、さっきより着実に、こちらに迫ってきている。心なしか風も強くなってプールサイドを葉がするすると這《は》うように飛んでいく。はしゃいでいたクラスメイトたちも静かになった。先生がベンチから立ち上がり笛を吹く。時計の針は授業終了十分前を指している。

「さあみんな、時間だよ！　上がって！」

それで私たちはみんな水から上がり、ずぶぬれでぺたぺたとプールサイドを歩く。どうしてプールから出ると体がずっしり重くなるんだろう。

塩素と水垢《みずあか》が籠《こ》もったような匂いが立ちこめる更衣室で、大判のタオルを広げ体を拭い、下着類をつけて制服のシャツに袖《そで》を通す。半袖でもぼわっと温かく、自分の体が冷え切っていたことに気づく。

濡《ぬ》れた髪をタオルでがしがしと乾かし、襟元に水滴が落ちないよう肩にかけ、ロッカーの扉を閉める。すると、隣で着替えていたマチと目が合った。

マチは、可愛い。お世辞抜きに。目はくりっとしてて瞳が大きく、顔はきゅっと小さく卵形、笑うと口がきれいな三角形になる。華奢なわりに胸が大きいし、背が低くて、守り甲斐《がい》がありそう。何回も一緒に出かけているけれど、そのうち半分は誰かしらにナンパされた。もちろん私は誰の眼中にも入らず、間に割り込んでマチを連れて行く係。

なぜマチは私に懐《なつ》いたんだろう？　はじめの頃は引き立て役にされてるんだと思ったし、マチのことは好きになれないだろうと思った。今はそれが間違いだったとわかっている。

「あと五分で授業が終わるね」

マチは腕時計を私に見せながら言う。

「さっきの続きをするつもり？」

「ダメ？」

私は考えるふりをする。マチのペースに飲まれてはダメだ。

「いいけど、とりあえず教室に戻りながらね。更衣室には長くいたくないもん、臭うし」

「そうだね、行こ」

マチはくるりと背中を向けて、きれいなポニーテールが私の目の前で揺れた——と思ったら、気が変わったのかこちらを振り返り、ポニーテールが今度は反対方向へ揺れた。

「そうだ、シイちゃん。これゴミ箱に捨てておいてくれる？」

そう言ってこっちに拳《こぶし》を突き出してくる。細い指の間から、お菓子の包装みたいなビニールがぴょこぴょこ出ていた。

「……自分で捨てなよ」

「ゴミ箱、シイちゃんの後ろにあるんだもん。じゃ、外で待ってるね！」

飲まれてはいけないとわかっているのに、いつもこうだ。この子はなんだかんだで他人を巻きこみ、自分のやりたいことを成し遂げてしまう。私がゴミを受け取るや否《いな》や、マチは小さい子どもみたいにすのこの上からジャンプして降り、出口まで走って行った。

溜息をついて、ゴミ箱に手の中のゴミを捨てる。この時まで、私は疑っていた。もしかしたらマチがわざと付け爪をプールに浮かべたのでは？　もしかして、このゴミは付け爪が入っていた袋ではないか？　と。

けれども手の中からひらひらと落ちていったのは、〝きれいな髪　コンパクトブラシ〟と大きく書かれたビニールの包装袋だった。その時、隣に人の気配がした。

「悪い、びっくりさせたか」

先生だった。私は慌てて手から滑り落ちたバッグを取り、誤魔化すように頭を掻《か》いた。

「いや、すんません、考えごとしてて」

「そうか。いや、さっきの付け爪の件で言っておこうと思ってさ」

ぎくりと心臓が大きく脈打つ。また付け爪か。私はできる限りのいつもどおりを装い、バッグを持つ手を持ち替える。

「え、なんすか？　持ち主が見つかったんすか？」

「いや、違う」

先生は少し笑いながら、私に手を差し出してきた。大きな手のひらの真ん中に、ひび割れて粉々になった真っ赤なもの。粉々？

「これ、付け爪なんかじゃなかったよ」

「へ？」

「よく見たら、ただの塗料の欠片《かけら》だった。たぶん今建設中の公園から飛んできたんだろう。遊具か柵《さく》か何かに塗ったペンキが、ふとした拍子に剝がれたに違いないよ」

おそるおそる指で触れてみる。固い。まだ少し大きな欠片は、少しでも力を入れたら、今度こそパキッと割れてしまうだろう。水の中から掬い上げた時は、手のひらのくぼみに残った水にぷかぷか浮いたままで、直接触らなかったし、形状から完全に爪だと思った。先生も摑んですぐ手のひらに載せたし、私もマチもじっくり調べようとはしなかった。

「な、あ、ん、だ」

全身から力が抜け、私はかろうじてふんばった膝《ひざ》に手を突き、前屈みの姿勢で息を吐いた。先生が「どうした？　大丈夫か？」と訊いてくれるけど、もうどうでもいい。

外に出たと同時に、チャイムが鳴った。雷鳴はますます近づき、黄色みを帯びた濃い灰色の雲が、青空を汚していた。マチはひまわりの花壇のそばで、小石を蹴りながらひとりで待っている。

「マチ」

「遅いよ」

「ごめん」

「もうプールの授業、終わっちゃったよ」

「そうだね」

「推理の時間もおしまいになっちゃった」

拗《す》ねた横顔に、もうその必要はないんだ、と言えなかった。その代わりに、たぶんずっとマチが訊きたかったんだろうことを、言った。

「……誰が赤い付け爪をしてたのかはわからないけど、ひとつわかってることがあるよ」

「何？」

マチはまだ拗ねている。ねえ、聞いてよ。私は泣きそうなのに笑いそうで、哀しくて嬉《うれ》しくて、マチの横に並んで校庭を歩く。風が土埃《つちぼこり》を運び、私は目を閉じる。

夏祭りの日、私は足の爪を塗った。つやつやの林檎飴のように、とびきり鮮やかな赤色で。マチと出かけるから。いつものTシャツとジーンズじゃなくて、少しおしゃれして、ワンピースの下にジーンズを穿き、踵《かかと》の低いサンダルを履いた。足の爪が見えるやつ。私にとってよそ行きの赤い爪。

神社のそばのコンビニで、私はマチを待った。マチは浴衣を着てきた。下駄《げた》のピンクの鼻緒から、マチの何もつけていない足の爪が見えていた。私は、自分が赤く爪を塗ったことが、恥ずかしくてたまらなくなった。

「赤く爪を塗った人の気持ち」

気づいたんでしょ、あの時。聞きたかったんでしょ、ずっと。いつもは素っ気《そけ》ないスニーカーしか履いてこない、足の爪すらろくに切らない私が、どうして赤いペディキュアを塗ってきたのか。

マチが赤い付け爪の話をしつこく振ってきた時、正直、腹が立った。「誰がどんな気持ちで、足の爪を赤くしたんだと思う?」だなんて、私のことを馬鹿にしてるのかなって。推理ごっこの果てに、もしかしてマチがわざと赤い付け爪をプールに持ってきて、私に見せつけて、からかってるんじゃないかって、疑った。

でもそうじゃなかった。本当は付け爪なんかじゃなくて塗料の欠片だったし、マチは本気で虫だと思っただろうし、あれをきっかけに私と話したかっただけなんだ。

さっきマチの言ったことが、今ならすんなり受け入れられる。

――赤いペディキュアって可愛いよね。私、大好き。

「わかったよ、マチ。きっとさ、赤く爪を塗った時の気持ちって――」

雷鳴が聞こえる。私は目を開けて、隣を歩く人を真っ直ぐ見る。マチは少し目を見開いてから、こっちが苦しくなるくらいの笑顔で、私を見つめ返す。

御倉館に収蔵された
12のマイクロノベル

「御《み》倉《くら》館《かん》に収蔵された12のマイクロノベル」とは

長編小説『この本を盗む者は』に登場する
「古今東西、名作から珍品まで、現在239,122冊の
蔵書がある館・“御倉館”」。
この館にあってほしい本のタイトルを一般に募集し、
そのタイトルから着想して小さな物語にした
12編のマイクロノベルのこと。

マイクロノベルとは
“100文字程度で綴《つづ》られた超短編小説”。

『春キャベツの芯くらい。』

冷めた目をした人に「なよいね」と言われた。「なよい」を辞書で調べてみると、へなへなして頼りない様、とある。なるほどねと頷《うなず》きつつ、もやもやした気分でスーパーに出かければ、春キャベツが並んでいた。普通より水っぽく、くにゃと柔い。それでも芯《しん》は硬い。私は同志を得た気分で春キャベツを1つ買う。

『**死んだのに生きていた**（150万年前に、人類初の幽霊となった人の自伝。幽霊の概念もないのに幽霊になってしまった戸惑いと、子孫は進化してホモサピエンスになり、子孫の前に現れても動物霊と言われる絶対的孤独。）』

私の他に猿人の霊はおらず、ヒトは私を動物だと思い無視する。話せたのは1人の小説家だけだ。私が窓辺にぶら下がっていると「君を殺人犯にした小説を書く」と言ってきた。本は売れ、やつの死後も読み継がれる名作になったが、ひとつ間違いを犯している。私は猿人であって、オランウータンではない。

『絶滅の夜のシソーラス』

その晩0時過ぎ、予告されていたとおり世界が終わった。すべての命ある生物は眠るように息を引き取り、音もなく星が凍っていく。夜風が吹く静かな場所で一冊の空白だらけの本が開いた。死せる人々の口から、交わされるはずだった会話、あるはずだった言葉が溢《あふ》れ、頁に記され、本は絶命の辞書となる。

『90歳から人生大逆転できる
完全仙人マニュアル』

まず、頭骨を長くします。横ではなく縦方向に長くして下さい。白髪はもう自前でお持ちですね？　結構。髪と、男性であれば髭《ひげ》もできるだけ長く伸ばしましょう。いかがです？　誰がどう見ても仙人ですよ。これまで無視してきた隣人も「仙人さんにお願いが」とあなたを頼ってくることでしょう。人生ちょろいちょろい。

『最古の落とし穴と、穴の底での物語』

真偽は不明だが、K国の博物館の敷地内に「最古の落とし穴」と題された深い穴がある。毎日長い列ができ、みな最古の落とし穴を覗《のぞ》くが、深すぎて何も見えない。「誰が、誰を落とすために掘ったの?」姪《めい》の質問に答えられず空を仰ぐと、真上に丸い穴の開いた雲があった。誰かがこちらを見下ろしていた。

『チョコパイひとつ分の冒険』

弟と分けなさい、とチョコパイを1個もらった。僕は小袋を握りしめ、お風呂場やトイレや庭の茂みに入り、追いかけてくる弟から隠れると、空にかかる梯子《はしご》を見つけ、昇って白い雲に腰掛けた。その時弟の泣き声が聞こえた。太陽の下、汗ばんだ手の中でチョコパイは溶けていて、梯子はもう見つからなかった。

『銀河鉄道創設記』

無謀な建設計画書を前に、建築家たちは頭の螺子《ねじ》をギリギリ回して図面を描き、我々は部品と人員の手配をした。宇宙呼吸ができる作業員は数が限られ、長いレールは太陽をこじ開けて炉を作り、木星を台に打たねばならなかった。ようやく基礎が出来たと報告すると、お上は「駅の売店が楽しみだなあ」と言った。

『雪わずらい』

夏の盛りに君が軽く咳《せき》をした時、雪わずらいだと知って悲しくなった。君はうだるような暑い部屋で、白く美しい雪片を吐き、心を凍らせながら雪を想うのだ。医師は雪だけが効くと言う。私は貯金を下ろして、一番近い南半球の国へ旅立った。動けない君の代わりに山ほどの雪をクーラーボックスに詰めて帰る。

『夢の衣装部屋』

ねえ、何にでも変身させてあげる。ここにある服を着るだけで誰にだってなれる。黒のヴェルヴェットのドレスを着てみたい？　ピンストライプのスラックスは？　宝石が連なるシルクハット、緑色のカエルの着ぐるみだってある。何にだってなれるよ。だからお願い、ここからいなくならないで。私をおいていかないで。

『月曜日の休日（月曜日が日曜日に休む話。それ以外の曜日に何をやってるのか。）』

私だってねえ、休みたいですよ。知ってますよ月曜が嫌われ者だってことぐらい。日曜は羽を伸ばして休みたいじゃないですか。私はね、月曜以外全部休んでるんです。私だって自分がなんで月曜なんだろうって思ってますよ。でもね、他の曜日だって自分の日が嫌いですよ、なんたって我々は週休6日ですからね。

『現場監督とランチジャー』

寒い冬の日、現場監督が昼飯を食べようとすると、宇宙人が襲来した。青いビームが放たれ、建設中の家屋は壊れた。監督はビームを食らったが、無事だった。実は彼のランチジャーは複雑な計算式で表わされる曲面構造を…まあビームが跳ね返って、宇宙人は死んだ。ジャーの豚汁はあつあつに沸騰していた。

『極めて短い小説たちの秘密の愉《たの》しみ』

あ、いい。うう…ええ？　おお！　たった1文字でも何かが始まる。まるで手品、あるいは魔法と言う人もいる。短く狭いトンネルを通過したその先に、どこまでも広い想像の海がある。あるいは、トンネルそのものが大きな海だったのかもしれない。言葉はひずみ、心に滑り込み、いつまでも抜けないとげになる。

「御倉館に収蔵された12のマイクロノベル」出題者一覧

『春キャベツの芯くらい。』

『死んだのに生きていた』　林譲治

『絶滅の夜のシソーラス』　wa_ni

『90歳から人生大逆転できる完全仙人マニュアル』

『最古の落とし穴と、穴の底での物語』　くるくるパーティー・MAD TEA PARTY・狂茶党

『チョコパイひとつ分の冒険』　上杉美西

『銀河鉄道創設記』　康綺堂

『雪わずらい』

『夢の衣装部屋』　月狐堂

『月曜日の休日』　tn

『現場監督とランチジャー』　Zukky

『極めて短い小説たちの秘密の愉しみ』　北野勇作

※お名前の掲載許諾をいただけた方のみ記載しました。

イースター・エッグに惑う春

暗かった冬が終わり雪がとけると、大地のあちこちから新芽が一斉にほころんだ。春らしく眠たげな淡い水色の空には、白っぽい太陽が輝いている。時折吹きつける強い風が、青々と茂る芝生の海を割って、ラッパ水仙の群生や黄色い花をさわさわと揺らした。

朝の九時を告げる鐘の音が鳴り響く、男子寄宿制学校スイフト校の敷地を、トランクを手にした生徒達が、ぺちゃくちゃとおしゃべりをしながら歩いて行く。学校指定の麦藁《むぎわら》帽子をかぶり、黒のジャケットを着た少年達は、久々の休暇に浮かれている様子だ。

「さあ、早く行きたまえ。汽車が出てしまうよ」

教師のバウアーは学校の正門の前で、ふるさとへ帰る生徒の、最後の一団を見送った。全員が外へ出たのを確認すると、若い守衛が巨大な鉄門の片側を閉め、鍵《かぎ》をかける。集団の後ろ姿は、駅のある近隣の町、リトル・スイフトの方角へと遠ざかっていった。バウアーは溜息《ためいき》をひとつついた。

「やれやれ、これで少しは学校も静かになるな」

若い守衛の肩からも力が脱《ぬ》けたようで、濃紺の制帽をひょいと持ち上げ、汗ばんだ額を拭《ぬぐ》っていた。

「お疲れ様でした。僕もそろそろ仮眠しますよ……交替の奴がみんな休暇に出ちまって。ところで先生は帰省なさらないんですか？」

「ああ。仕事も残っているし、待っている家族もいないから」

バウアーは両腕を大きく伸ばし、あくびをした。昨日溜《た》まった書類を一気に片付けたせいでできた、右手の中指のたこが痛いので、人さし指で片目を掻《か》く。丸メガネを掛け直し、霞《かす》む目を瞬《しばたた》いて、両開きの鉄門の片側が、まだ開けっ放しであるのに気づいた。

「そちら側は閉めなくていいのかい？」

「ええ、これでいいんです。明日《あした》は復活祭当日でしょう。何人か準備の手伝いに来ることになっているので」

今日は一九一三年三月二十二日の土曜日、明日はキリストの復活を祝うイースター当日だ。スイフト校では、基本的に復活祭前の週は学校で礼拝をし、休暇はその後と決まっている。

ふたりがしゃべっている間に、古びた荷馬車が門の前に停まった。木製の荷台にはたくましい体つきの若い農夫が、御者台には赤ら顔の老いた男が座っている。赤ら顔はハンチング帽をひょいと持ち上げて挨拶《あいさつ》すると、酒焼けした声でがなった。

「追加の卵を持ってきたぜ。こっちに回れって言われたんだが」

「ええ、そのまま厨房《ちゅうぼう》へ向かって下さい」

守衛が声を張り上げて答えると、馬がいななないて荷馬車が門を通った。通りすぎざま、ふたりの男は「これでスイフト中の卵がゆで卵になっちまうなあ」と軽口を叩《たた》き、日に焼けた顔をにやつかせた。

「いつものリトル・スイフトの業者じゃないね？」

「ええ、西にある酪農家と直接取引したんです。町は町で祭りをやりますから、卵がないんですよ」

「なるほど、観光客向けの行事をやるのは大変だな」

荷馬車が厨房へ向かうのを眺めながら、バウアーは頷《うなず》いた。

「そういえば昨日、厨房で卵がずいぶん割られてしまったらしいな」

すると守衛が渋い顔で頷いた。

「どこかの生徒が割って、謝らずに逃げたって話でしょう？　今朝方、料理長に問い詰められましたよ。夜間に、卵まみれになった奴を門から出していないかって」

明日の復活祭の礼拝に向けて、スイフト校や近隣の町でも準備が行われていた。普段は一般の見学を許可していないスイフト校だが、生徒が休暇に入って授業がなくなる、クリスマスとイースターの礼拝時に限っては、特別に門が開かれる。鋭い尖塔《せんとう》と鐘楼を戴《いただ》く礼拝堂は、高さも広さもこの地方屈指、訪れたいと願う人は多く、毎年、地元の住民の他、観光客も大勢訪れるそうだ。

復活祭で食べるものは宗派によって異なるが、最も有名で一般的なものは、色づけしたイースター・エッグだろう。卵は新しい命の源であることから、キリストの死と復活のシンボルとされ、殻もまた、血と祝祭を思わせる赤色などに染め上げられる。同じく復活祭につきもののウサギは、多産と豊穣《ほうじょう》の象徴だ。

スイフト校での礼拝後も、慣習に従ってイースター・エッグを無償で配布することになっていた。そのため大量の卵をゆでる必要がある。予定では、昨晩から厨房で調理がはじまるはずだった。

しかし先ほどバウアーが思い出したとおりの出来事、誰かが生卵を五十個ほど割った上、そのまま逃走するという珍事が起きた。逃げ回る際にも卵は巻き添えになって、結局、百個近くが駄目になってしまった。そのせいで昨夜は床やテーブルに飛び散った黄身や白身の掃除にかかりきりになり、時間もなくなって、作業は今日に持ち越されることとなった。

「料理長は、生徒が外に逃げたと考えているのかな」

「いえ、万一の確認だっただけのようです。番犬も騒がなかったので、校内に隠れている可能性はありますし、ひょっとしたら着替えて、今の集団に紛れていたかも」

「しかし寮監《りょうかん》が全棟の生徒を調べたと聞いたよ」

「ええ、それでも見つからなかったから、料理長は腹を立てているんでしょう。何しろ百個無駄にしましたからね。ただ逃げ道があるとすればひとつ、裏門ですよ。あそこの問題は先生もご存じでしょう？」

若い守衛はバウアーに向かって、意味ありげに目配せした。スイフト校の出入口は、南の正門と北の裏門の二カ所のみ、広大な敷地は高い生け垣でぐるりと囲われ、東西の見張り小屋では、フォボスとダイモスという名前の番犬とその子供たち、そして複数の調教師が、油断ない目で侵入者の有無を見張っている。

しかし裏門の老守衛は頼りない。根は正直なのだが酒に目がない男で、隙を見てはジンを飲み、真夜中には酔い潰《つぶ》れて眠ってしまうことも、時々あった。

「ともあれ、その時間、僕のところを通ったのは、食事会から戻っていらした学長だけですよ。やれやれ、早く帰って眠りたい」

ちょうどその時、三つ編みを肩口に垂らした若い娘がやってきて、門扉《もんぴ》をこんこんと叩き、こちらに会釈をした。

「すみません、お手伝いに来たんですが……」

「ああ、では門を通って下さい」

若い娘の後ろには、別の中年女がふたり控えている。若い守衛は少し迷惑そうに顔をしかめつつ後ろを一瞥《いちべつ》すると、大声を張り上げた。

「さあ、僕の顔色を窺《うかが》っていないで、どんどん入って！　いいですか、帰りもこの正門から出て下さいよ。仕事の終わりに料理長から証明書を渡されます。忘れずにそれを持ってきて、ここで名前と住所を名簿に書くんですよ。でないとお給金が支払われませんからね！」

忙しくなりそうな気配を察したバウアーは、守衛と別れ、裏庭へ向かった。

敷地内は静かで、いつもならうるさいくらいによく通る生徒の声も、ほとんど聞こえない。時折強く吹きつける春風を身体に感じながら、学舎の中通りを歩いていると、ふと上の方から男の笑い声がした。教員の個室があるスクール棟の窓が開き、談笑はそこから聞こえてくるらしい。眩《まばゆ》い陽光に右手で目庇《まびさし》しつつ様子を窺うと、窓越しに濃紺の軍服姿の青年達の姿が見えた。

「卒業生かな？」

バウアーはひとりごちつつ、胸にもやもやした思いが膨らむのを感じた。上流階級の子息は学校を卒業した後、軍役に就くのが通例で、在学中から行進などの軍隊規律を叩き込まれる。騎士道精神を養うため、という名目だったが、争い事が嫌いなバウアーは気に入らなかった。昨年末に終結したはずの戦争もそうだ——今朝目にした、バルカン情勢についての新聞記事を思い出した。

「いや、こんなうららかな日に思い出すのはやめよう」

そう呟《つぶや》いて頭から振り払った。今は休暇を満喫すべきだ。

学舎の並びを通り過ぎ、中庭に出る。いつもなら大量の下着類でいっぱいになっているはずの、洗濯室前の干し場も、今は教師の分と、諸事情で寮に居残った数名の生徒の分だけが、ひるがえっていた。

「そうだ、ジャケットをクリーニング店に出さねばなあ」

アメリカにいた頃から着続けている上着は、ほつれてすり切れ、いい加減に新調しろと同僚からも言われているが、バウアーはなかなか踏ん切りがつかない。なにしろ敷地内の仕立屋は高価で、薄給の教師には手が届きそうもないのだ。一方リトル・スイフトのクリーニング店を使えば、予算内に収まる。それで見栄えもいくらかましになるだろう。

静かだった学舎とはうってかわって、食堂や礼拝堂の周りには人が大勢集まっていた。野良着姿の女性が多いので、おそらくリトル・スイフトからやってきた手伝いだろう、とバウアーは見当をつけた。さきほど門を通った荷馬車も、食堂棟の脇に停まっている。

学校に残った生徒達はといえば、休暇中、寮の学習室や図書館棟、運動場などでめいめい過ごしている。中でも一番人気があるのは、敷地の北にある裏庭の購買区だった。

スイフト校を含む多くの寄宿制学校では、年に三回の休暇以外は学校内で過ごさなければならない生徒のために、学校公認の店を敷地内に用意している。小さな町以上に充実しており、文具店や理髪店の他、衣料品店や写真屋、レモネードとサンドイッチの売店などもあった。それに町の商店よりも、学校指定店の方がずっと品質が良い。衣料品店では採寸だけ店頭で行い、あとはロンドンのメイフェアにあるサヴィル・ロウ――高級紳士服店の名門が集うショッピング・ストリート――に注文を通し、仕立て上がった品が学校まで届くよう配慮されていた。

バウアーは長い足でニワトコ並木を闊歩《かっぽ》し、鼻歌まじりで裏庭の購買区へ向かった。

さすがに人気《ひとけ》は少なく、閉店中の商店もいくつかあった。学期内の日曜日なら、サンドイッチの売店前には人だかりができるのに、今日は誰もいない。バウアーは「静かでいいもんだ」と満足げに微笑み、売店でチキンサンドとレモネードの瓶をひとつずつ買った。

新芽がほころび、淡い緑の梢《こずえ》をそよがせるニワトコの並木道の外側には、青々とした芝地が広がる。そのゆるやかな傾斜はひと休みにちょうどよく、栃《とち》や楓《かえで》などの木陰には、生徒たちが座る姿もちらほら窺えた。

食事をとるのに適当な場所を探すため、バウアーは冷えたチキンサンドにかぶりつきながら、芝地に足を踏み入れた。すると、裏門に近い楡《にれ》の木陰から歓声が聞こえ、気を引かれたバウアーはそちらへ足を向けた。

裏門へ続く並木道沿い、守衛室のはす向かいに生えた大きな楡の下で、ふたりの生徒が座り込み、地面に覆い被《かぶ》さるようにして、何かに注目していた。

近づいてみるとそれはチェス盤で、メガネをかけた十六、七歳の青年がひとり、腕を組み、難しい顔をしながら、盤を睨《にら》みつけている。精悍《せいかん》な顔立ちに黒い短髪がよく似合う、いかにも利発そうな青年だった。

しかしもうひとりの赤毛の生徒は、黒髪の生徒の傍らであぐらをかいているだけで、チェスを指していなかった。

つまり、対戦相手の姿がない。向かいには、青々とした灌木《かんぼく》の茂みと、誰かが放置したのかごみがぱんぱんに詰まった麻袋があるきりだった。

「何をしているんだい？　おっと」

バウアーが覗《のぞ》き込んだと同時に、茂みの中から腕がにゅっと突き出て、チェス盤のポーンを動かした。「なるほど」バウアーは頷いた。こんなところに隠れるような生徒は、ひとりしか知らない。

「アーサー・ワーズワースとチェスの勝負かい？」

てっきり兄弟揃って帰省したと思っていたが、少なくともアーサーは居残っているらしい。バウアーが赤毛の生徒に尋ねると、彼はそばかすが散った顔でにやっと笑った。

「ええ、そうです。休暇中にワーズワースの鼻っ柱を折ってやろうと思いまして」

声をかけてみてバウアーはやっと、このふたりの生徒は寮の監督生だったと気づいた。どちらも、黒の上着の下に真紅のベストを着ている。

「君たちは確か、シンクレア寮の……」

「監督生のマクラウドです。こいつも同じく、名前はゴーリー」

赤毛の生徒、マクラウドがそう紹介すると、チェス盤に覆い被さるように屈《かが》んでいた黒髪の青年が、振り返って会釈した。そしてメガネのブリッジを押し上げて、すぐにチェス盤に向き直る。

バウアーはてっきり、寮は違えど同じく監督生のチャールズ・ワーズワース、つまりアーサーの兄がそばにいるものだと思ったが、どこにもいなかった。極度の人見知りであるアーサーの隣には、たいていワーズワース兄弟の誰かが付き添っているものだ。しかし今日は、チャールズどころか、弟のキリアンとピーターの姿も見えない。

サンドイッチの包み紙からソースが染み出してきたので、バウアーは指をなめつつ、立ったままサンドイッチにかぶりつき、もごもごした声でふたりに尋ねた。

「ひょっとしてここにいるのはアーサーだけかい？」

「他の兄弟は帰省中です」

「そうなのか？　アーサーだけが居残るなんて、事情があるのかな」

するとと赤毛のマクラウドは意地の悪い笑みを浮かべた。

「こいつを親族や知人の前に出したくないんじゃないですか？　噂では、祖父君と懇意の大佐が、イースターになると訪ねてくるらしいです。こいつの人見知り具合ときたら、軍人から見たら臆病者のそれだ。だから毎年こいつだけここに残るんだと思いますよ」

マクラウドの言い方が気に入らず、バウアーが顔をしかめると、彼は肩をすくめた。

「まあ、悪くとらないで下さい。ともあれ僕らはこの機会を狙っていたんです。他の兄弟がいるとなんだかんだと邪魔されますから。ちゃんと賞品も用意したんですよ」

「賞品？」

「ウサギの卵ですよ。売店で売っているチョコレート。アーサーの好物でもあります」

マクラウドの後ろには、大きな卵形の菓子をこんもりと盛った籐籠《とうかご》が置いてあった。カラフルな色合いの包み紙が、陽射しにきらきらと輝いている。

「ふむ、いいね。では負けたらどうなる？」

「残念賞。ほら、そこの麻袋です」

「あれか。ごみだと思っていたが……」

灌木の横に雑に置かれた麻袋には、丸まったちり紙や新聞紙、柄の抜けたブラシなどが無造作に突っ込まれていて、嫌な臭いがする。

「もちろんごみですよ。ウェイクフィールド寮の監督生個室から持ってきました。負けた方は、ベッドにこれをぶちまけられるって寸法」

バウアーはサンドイッチを食べきってしまうと、パン屑《くず》やソースで汚れた手をはたき合せた。油かソースが垂れたらしく、ストライプのズボンに小さなしみができている。

「こりゃ最悪だ」

「アーサー・ワーズワースにとっては最悪でもないでしょう」マクラウドはバウアーの言葉を、残念賞に対する感想と間違えて捉《とら》えたらしい。「兄貴のごみも混じっているわけですし」

「いくら兄弟のものでも、ごみはごみだよ」

バウアーはハンカチーフでズボンを拭いつつ、チェス盤に向かうふたりの生徒、黒髪のゴーリーと茂みから右腕だけを出したアーサー・ワーズワースを見比べた。まだはじまって間もない様子だが、今のところはアーサーが優勢らしい。

ワーズワース兄弟は良くも悪くも目立つ存在だった。長兄のチャールズは寮の監督生でもあるため、まだまともと思われるが、三男のキリアンは秋に幽霊騒ぎを起こしたし、四男のピーターは十三歳になってもまだ落ち着かず、いたずら癖が抜けない。

中でも次男のアーサーが一番の変わり者だった。極度の人見知りで、いつも物陰に隠れているため、授業にすら出ない。しかし妙に頭の切れる青年だった。講堂のステンドグラスに書かれた文字の謎を解いてみせたり、動く甲冑《かっちゅう》の仕組みを指摘してみせたり。その点だけは、バウアーが愛読している推理小説の探偵に、似ていると言えなくもなかった。

そんなアーサーに挑むのだから、対戦相手の黒髪の生徒は、腕に自信があるのだろう。バウアーはそのまま楡の下にしゃがむと、幹に背中をもたれさせて、レモネード瓶に口をつけた。

楡の木は芝地のやや盛り上がったところに生え、ほんの数フィート先には、裏門と守衛室がある。生徒がひとり、老いた守衛と立ち話をしていた。赤ら顔の守衛は、眠たげにあくびをしている。正門の若い守衛が疑っていたとおり、ひょっとすると昨夜は酔っ払って、眠っていたのかもしれない。

裏門の鉄扉《てつび》は正門と違い、のっぺりとした鉄の板で作られており、垣根と垣根の間にそびえ立っている。高さもあり、成人男性の平均身長よりも上背のあるバウアーが見上げるほどだ。しかも最初の組み立ての際に蝶番《ちょうつがい》を間違えて取り付けたそうで、扉は外向きにしか開かず、どうやっても内向きには開かなかった。

扉はかなりの重さがあるので、普段は片側が開けっ放しになっている。しかし今日はどちらもぴっちりと閉じられていた。

あの爺《じい》さん、開けるのを忘れているんじゃないか？　早いところあの老守衛を交替させた方がいいのでは、とバウアーは思った。しかし休暇が終わらないと、使用人たちも戻ってくる。てこないだろう。バウアーはやきもきした気持ちを抱えつつ、親指で眉間《みけん》を掻《か》いた。

風に揺れる軽やかな葉擦れや、チェス盤を進む駒の音を聞いていると、睡魔が襲ってくる。バウアーはぼんやりニワトコ並木を眺め、灰色の背広を着た、小柄でかぎ鼻が印象的な人物が通り過ぎるのを見送っていたが、ついに睡魔に負けると腕を組み、昼寝を貪《むさぼ》ろうと目を閉じた。

心地よい夢に浸っていたその時、「やったぞ！」と大きな歓声が響いて、ぎょっとして目を開けた。どうやらアーサーのクイーンをゴーリーが取ったらしい。

「まあ、どちらもがんばれよ」

バウアーはあくびをしつつ再び幹にもたれかかった。ちょうど、猫背で小柄な人物が、裏門に向かうところだった。農婦風の踝丈《くるぶしたけ》のスカートに、赤いスカーフで頬被《ほおかむ》りしている。ひどく目立つかぎ鼻の持ち主だ。

「……ん？」

妙に既視感がある。しかしあの格好ははじめて見るはずだ――農婦らしき人物は体を預けるようにして鉄扉を押し開け、外へと出て行った。

しかしそれから一時間ほど経って、赤毛のマクラウドが訝《いぶか》しげに呟いた。

「あいつ、さっきから何をしているんだろう」

バウアーも顔を上げると、ハンチング帽を被り、格子柄のズボンを穿《は》いた人物が歩いていた。また小柄で猫背、特徴的なかぎ鼻。先ほどバウアーが既視感を抱いた人物と同じ容姿をしている。

「ひょっとして、君も妙だと思うのかい？」

「ええ、妙でしょう。服装は違いますけれど、あの背格好、きっと同一人物ですよ。ほら、服装の割に妙に若いし、特徴的なかぎ鼻をしてる」

問題の人物の鼻は、まるでオウムのくちばしがくっついているかのように、大きくて尖《とが》っている。顔立ちはかなり若く、まだ十四、五歳程度に見えた。

「少なくともさっきから三回、変装して外へ出て行っています。まったく、どこの寮の生徒だろう」

マクラウドは含みのある言い方をしたが、ちらりとアーサーが隠れている灌木に視線をやったところから、ワーズワース四兄弟の他、問題児とされる生徒が集まる、ウェイクフィールド寮を指しているのは明らかだった。赴任して以来、ウェイクフィールド寮の生徒と妙に関わることの多いバウアーは、少しむっとしながら咳払《せきばら》いをした。

「ひょっとすると普段あまり遊ばない生徒かもしれないな。勉強ばかりで息が詰まっていたんじゃないのか？」

「息抜きに変装を？　本当にそうなら、くだらない遊びを思いついたもんですね」

するとチェス盤に集中していたはずのゴーリーが、ぼそりと呟いた。

「遊びか、賭《か》けか、あるいはいじめでやらされているか」

「賭けかいじめだって？」

バウアーが聞き返すと、ゴーリーは強《こわ》ばった筋肉をほぐすように、首をぐるりと回した。

「変装を見破られたら負け、なんてありそうでしょう。マクラウド、周りに仲間らしき連中はいないか？」

「監督生としては見過ごせないね」

マクラウドは腰を浮かせて首をのばし、あたりを見回した。

「……いや、特にいないようだね。守衛室には酔いどれ爺さんひとりだし、生徒はまばらだ。互いに面識もなさそうだよ」

バウアーも右手で額に目庇を作って、並木道の周辺を窺った。肩を寄せ合って朗らかに談笑している生徒たちや、ひとりで本を読み耽《ふけ》っている生徒、芝生に転がって昼寝をむさぼる生徒もいる。いずれもただ休暇を満喫している様子で、目の前の道を変装した不審な若者が通り過ぎたことには、気づいてすらいないようだ。

「どこかの店に隠れて、こっそり観察しているかもしれないな」

しかし雑貨店などの並びは、並木道からは数フィート離れており、双眼鏡でもなければ観察は難しいように思える。バウアーが首を傾げていると、マクラウドがふんと鼻を鳴らした。

「もっと単純な話じゃないですか？　リトル・スイフトへ遊びに行きたいだけなのかもしれない」

イースターの祝祭は、リトル・スイフトの町では一週間前から開催されている。所用で立ち寄った同僚の話では、通りのあちこちを色とりどりの風船で飾り、かなり賑《にぎ》やかな雰囲気に変わっていると、バウアーは聞いた。

「〝卵探し〟や〝卵転がし〟なんて、生徒が喜びそうでしょう。変装して姿を隠せば、酔いどれ爺さんくらいだませるだろうし」

確かにマクラウドの指摘どおり、格好の息抜きにはなるだろう。しかしバウアーは腑《ふ》に落ちなかった。

「なぜ変装しなければならない？　今は休暇だ、外出許可は容易に取れるだろうに。スイフト湖へピクニックに出かける生徒もいるくらいじゃないか。それに、何度も繰り返し出て行く意図がわからない」

するとマクラウドも「ううん」と唸《うな》って、腕を組んだ。

そうこうしているうちに、問題の小柄な若者がまた並木道の向こうから現れ、守衛室の前を通り掛かった。今度はスカートを穿いて、町娘風の格好をしている。ただし、橙色《だいだいいろ》のスカートに黄色っぽいシャツ、目の覚めるような鮮やかな青色のショールと、ひどく色合いがちぐはぐな格好だった。

「これで四回目の変装だな。よくもまあ、いくつも衣装が用意できたもんだ」

「演劇クラブから借りたんでしょう。あるいは、実際にクラブ員なのかも」

「なるほど、それはあり得るな」

バウアーは顎《あご》を撫《な》でながら、運動場がある南側へ視線をやった。クラブ棟は運動場にある——ラグビー場やクリケット場、陸上競技用グラウンドが並び、面積は学舎の敷地よりも広大だ——が、文化系のクラブはないがしろにされがちで、演劇クラブもご多分に漏れず隅に追いやられている。

しかし、今度はチェス盤に向き合っていたゴーリーが、首を横に振った。

「少なくとも演劇クラブの部員じゃないですよ、先生。僕は同じクラブ棟にあるチェスクラブに所属していますが、あんなかぎ鼻の奴は見たことがない」

チェス盤の白いルークを奪い、手の中でくるりと回しながら不機嫌そうに言うゴーリーに、マクラウドが問いかける。

「なあゴーリー、どこのどいつかも気になるけど、さっきから行きっぱなしで戻ってきていないのが気にならないか？　あいつ、ずっと裏門から出て行っているけれど、裏門から入って来てはいないんだよ」

興奮しているのか、前のめりになって話すマクラウドに、バウアーも膝《ひざ》を打った。

「確かにそのとおりだ、あいつの動きは一方通行。学校に戻ってきていない」

変装した人物は四回とも、校舎のある右手から、守衛室の前を通り、左手の裏門から外へ出て行く。逆はまだ見ていなかった。

「ほら、先生だって妙だと言ってる。ぐるっと敷地を外側から回って、正門から入って来ているんじゃないか？」

マクラウドが熱心に訴えると、ゴーリーが舌打ちをした。

「一体何のために？　あいつがここを通るのは一時間に一度程度だろう？　裏門から敷地

の周りを回って正門に入るので精一杯の時間だ。まさか変装して校内をただ歩くのが目的だとでも？　賭けをやってる雰囲気でもないのは、さっきお前自身が確認したじゃないか」

ゴーリーは背筋を伸ばし、糊《のり》の利いていそうなぱりっとした襟を整えた。

「だからお前は考えが甘いんだ、マクラウド。俺たちはあいつをちゃんと見張ってるわけじゃなかっただろ？　チェスに集中していたし、先生だって昼寝をしていた。ただあいつが裏門から戻ってきているのを見逃していただけさ」

その時、外から扉をどんどんどんと叩く音がし、誰かが大声を張り上げた。

「おおい、開けてくれ。お前さん、まだ取っ手をつけてないのか」

呼ばれた老守衛はオーバーな仕草で肩をすくめてみせ、早足で駆け寄ると、外側へ扉を押した。古い鉄扉は錆《さ》びついたひどい音を立てながらも開き、郵便配達夫の老人が毒づきながら、自転車を転がして入って来た。

「なんだ、外側の取っ手が外れてしまったのか？」

外向きにしか開かない裏門の構造上、外から入るには扉の取っ手を引かなければ、門が開かない。しかも大の男の身長より高さのある、つるりとした鉄の板では、指をひっかけるところもないだろう。するとマクラウドがわざとらしく呻《うめ》いた。

「うーん、なるほど。つまりあいつは裏門から入ってこられないってわけだ。それなら、ぐるっと回って正門から入ってくるほかない。他はあの狂った犬どもの餌食《えじき》になっちまうから……なあ、ゴーリー？　それとも特殊な進入路があるとでも？」

頭を仰《の》け反らせて両目を細め、嘲《あざけ》るような口ぶりで言うマクラウドに、ゴーリーもまた尊大な調子で答えた。

「可能性はなくはないだろ？　そもそもあの守衛がなぜ今日に限って門を閉め切っているのかも気になる。それに、俺たちが特徴だと見做《みな》しているあのかぎ鼻だが、あれも変装かもしれないだろ？　わざとつけ鼻をつけて同一人物に見せているだけで、全員違う人間、という可能性だってある」

「それこそ何のために同一人物に見せかける必要があるんだ？　意味が通らない」

しかし言い争いはアーサーの次の一手で終わった。チェスの状勢は、ゴーリー優勢に変わりつつある。それを見たバウアーは、内心では少々心配しつつも、軽口を叩いた。

「アーサー、このままだと負けるんじゃないか？　意外にチェスは弱いんだな」

するとまるで抗議をするかのように灌木ががさりと揺らいだ。しゃべらないアーサーの代わりにゴーリーが答える。

「弱い？　まさか。僕は一度もこいつに勝ったことがないんです。油断はできません」

気圧《けお》されたバウアーは、黙ってふたりの攻防を見守ることにした。

チェスの対戦は、それから一時間ほど経って決着がついた。負けたのはアーサーだった。しかし勝ったはずのゴーリーは、不満げに腕を組んで顔をしかめている。一方アーサーが姿を隠している緑の茂みは、ぴくりとも動かない。

「もっと喜べよ、ゴーリー」

マクラウドが肘《ひじ》で友人の脇を突《つつ》き、賞品のチョコレート菓子の籠を押しつけた。ゴーリーは眉間に皺《しわ》をよせつつ籠を受け取ると、小さく溜息をついて、緑の茂みをまっすぐに見据えた。

「アーサー・ワーズワース、今回は僕の勝ちにしといてやる。だが今度手を抜いたら、ただじゃおかないからな」

そう言うと、さっさとチェス盤を片付けて立ち上がり、踵《きびす》を返して去ってしまった。残されたマクラウドは慌てた様子で腰を上げ、ゴーリーの後を追おうとした。しかしその前に、ごみの詰まった麻袋を茂みの上でひっくり返し、中身をぶちまけた。

「じゃあな、ワーズワース。後で覚えておけよ」

マクラウドは、空になった麻袋を乱暴に投げ捨てると、ゴーリーの後を追い、制服の裾《すそ》を翻しつつ緩やかな傾斜を駆け下りて行った。

バウアーは呆《あき》れた、だが同情するような目つきで緑の茂みを見た。アーサーの細い手首が葉の間から伸びて、散らばったごみを拾っている。

「ほら、手伝うよ、アーサー」

四つん這《ば》いになって、芝にこぼれた紙屑をまとめはじめると、茂みが揺れて、一枚の紙きれが葉の間からにゅっと突き出た。アーサーはしゃべらない分、筆談をする。バウアーは慣れた様子で紙片を受け取り、汚い字で書かれた文面を読んだ。

「〝すぐに厨房へ行って、生卵が残っていたら、できるだけもらってきてくれませんか〟……何だって？　今そんなことをしてる場合か？」

唐突すぎて意味もわからないし、どうやら教師を使い走りにするつもりらしい。バウアーは顔をしかめたが、アーサーの性質上、本人が行けるはずもない。

「まったく、君の提案はいつも藪《やぶ》から棒だよ。もう慣れたけど。仕方がない、これで貸しひとつだからな」

立ち上がって尻《しり》についた草や土くれを払い落とし、バウアーは厨房へ向かった。

バウアーは十五分ほどで裏庭に戻った。大きな手には、キッチンメイドから譲ってもらった、十二個の生卵を包んだ布を持っている。ところが先ほどの灌木の陰に、アーサーはいなかった。

「アーサー？　どこへ行った？」

きょろきょろとあたりを見回すと、守衛室の老人がバウアーに手招きをしている。バウアーは溜息をつきながら小走りでニワトコ並木を横切り、守衛室へ向かった。

「何か用ですか？」

「あの金髪の坊ちゃんは中に隠れているよ。先生宛の言伝《ことづて》を預かった」

そう言って赤ら顔の老守衛は紙片を差し出した。バウアーは訝しげに眉《まゆ》をひそめつつ受け取り、覗き込もうとする老守衛から一歩離れて、折り畳まれた紙片を開いた。中にはこう書かれていた。

〝例の不審者が現れたら、生卵を渡してやってください。それから『もうこれで打ち止めだ』と伝えて下さい〟

「……はいはい、仰せのとおりに」バウアーは小さく呟いて、眉間の皺を一層深くした。

「国王陛下の召使い並の給料をもらわないとな」

変装した不審者は、それから間もなく学舎の方から現れて、並木道を通り、守衛室の前に差しかかった。現在は素朴な木綿のシャツに茶色いズボンを穿いている。バウアーは布にくるんだ生卵を割らないよう気をつけつつ、駆け寄って、話しかけた。

「やあ」

不審者はびくりと肩を震わせ、顔をあげた。警戒しているのか表情は強ばっているが、顔立ちにはまだ十代の若々しさがある。特徴的なかぎ鼻、口角が下がった小さな唇。小粒な両目は大きく見開かれている。ゴーリーはつけ鼻かも、と言っていたが、鼻が本物であるのは疑いようもなかった。

その顔を間近にして、バウアーははじめて気がついた……この子は女の子だ。髪をひどく短く切っているが、間違いない。

つまり生徒であるはずがない。道理で誰も顔を知らなかったわけだ。バウアーは動揺を胸に押し込めて、にっこりと笑い、気さくに見えるよう装いつつ卵の包みを差し出した。

「これを受け取ってくれないか?」

すると少女は戸惑いも露《あら》わに、包みとバウアーの顔を見比べると、細い指でおずおずと布をめくった。白くつるんとした卵が顔を出す。少女は目を瞬かせて、決まりが悪そうに一歩体を引いた。

「いいんだ、受け取ってほしい。これは……ある青年からのおごりだよ。僕はただの使いでね。ただし彼が言うには、もうこれで打ち止めにしてもらいたいということだ。いいかな?」

バウアーは包みを彼女の手元まで持って行き、小さく頷いた。するとようやく少女は包みを受け取って、深々とお辞儀をし、足早に裏門から去って行った。

だんだん小さくなっていく後ろ姿を見送っていると、老守衛が隣に立った。

「一体何だってんだい、先生？」

「……さあね、僕にもよくわからない」

そう濁すと、バウアーは老守衛の横顔をまじまじと見た。しわくちゃだが皺が集中しているのは目尻《めじり》ばかり、温厚で人の良さそうな、だが意思は弱そうな老人だ。近くにいると酒くささが際立つ。

「ねえ守衛さん、なぜ今日は門を閉じっぱなしにしているんだい？　いちいち開けるのは面倒だろう」

「え？　ああ……そりゃ先生、あっしの不手際のせいでして。昨夜遅くにどうも寝ちまって、悪さをした生徒を逃がしちまったらしいんですよ。それで学長先生が、門は金輪際、閉めたままにしておけって」

老守衛は失態を悪く思ってはいる様子だったが、酒飲み自体を懲りてはいなさそうだった。媚《こ》びた笑みを浮かべつつ、垢《あか》じみたネッカチーフの先を手でいじっている。

「なるほど、腑に落ちたよ」

バウアーは溜息をつくと老守衛の肩を叩き、踵を返して守衛室の中へ入った。

ランプの火は消えて薄暗く、設備といえば、書類が散乱している木の机と椅子、茶簞笥《ちゃだんす》があるきりだ。そして机と茶簞笥の間に、アーサーが隠れている。窮屈な隙間ではさすがに全身が隠せていないが、膝を抱え、腰まで届くほど長い金髪で顔を覆って、なんとか凌《しの》いでいる様子だった。

「仰せの通り、あの子に卵を渡したよ。女の子だったたんだね」

バウアーは椅子に腰掛けて、机の隙間から覗く金色のつむじを眺めた。

「そろそろ事情を説明してくれよ。僕にはまったく意味がわからん」

肘をつき、空いている右手で机をこんこんと叩いていると、ほっそりした指が縁からにゅっと伸びて、紙切れを机に載せた。バウアーは紙を開き、中の文章を読む。

「なになに、〝内から外へ出るのではなく、外から内へ入っていたのです〟――ああ、そういうことだろうね。僕らはてっきり生徒だと思っていたが」

至近距離まで寄ってみれば、変装しているのは男子ではなく女子だと気づいただろう。けれどもチェスの対局をしていたゴーリーとアーサー、それを見守っていたマクラウドとバウアーは、楡の根元から動こうという気にはなれなかった。

「また君にはしてやられたよ、アーサー。あの子は卵を受け取った。打ち止めにして欲しいと頼んだら、頷いた。僕はまだよくわかってないんだ、そろそろちゃんと説明してもらえないか？」

問題の少女は何も口には出さなかったが、態度から卵を欲しがっていたように思えたし、アーサーが指示した言葉の意味も、本人には伝わっている様子だった。ややあって、次の伝言が机の上に載せられた。ミミズがのたくったような汚らしい字はいつにも増して長く、内容はこのようなものだった。

〝一方通行の謎は、あの赤毛の生徒の指摘どおりです。裏門から入ろうとすれば大声で守衛を呼び、開けてもらわなければならない。でも特徴的なかぎ鼻の持ち主なので、酔いどれ守衛といえども変装に気づくでしょう。学校の出入口は他に正門だけですし、どうやら手伝いの人間は、自由に入ってこられた様子だ。別の所から無理に侵入すれば、番犬が吠えます〟

「確かにそうだ、フォボスとダイモスは絶対に侵入者を逃さないし」

敷地の東西を守る、獰猛《どうもう》で忠実な番犬のことをバウアーは思い出した。アーサーの頭がこくりと頷き、つむじがよく見えた。ペンを走らせる音に続き、再び紙が差し出される。

〝だから、彼女は正門から入り、裏門から出ては、また正門に戻って、学校に入り直したということになります。今はイースター・エッグの準備中で、町人が手伝いに来ているから、敷地内に私服の人間がいても不審ではない〟

「しかし、彼女はなぜ正門から出て行かなかったんだ？」

バウアーはアーサーに尋ねたが、その時ちょうどまた外からの来訪者らしき男の声が老守衛を呼んだので、バウアーの声はかき消されてしまった。

「まあいいさ。しかし、彼女は何のためにこんな手間をかけたんだろう？」

〝僕らの前に現れた時間の間隔から、リトル・スイフトへ戻っていたとは考えにくい。ならば、学校に用があるに違いありません。着替えは、どこかの茂みか物陰に隠れて済ませてしまえばいいですし〟

「学校に用がある……ひょっとして、卵を盗み出すことか？」

バウアーの問いかけに、アーサーは〝そうです〟と書いた紙を渡した。バウアーは少女の顔を思い出しながら、溜息をついた。

「盗みか。さぞ貧しい暮らしをしているんだろうね、あの子は。何度も往復したのは、それだけ給金を支払うように仕向けるためだろう？」

「給金？」

突然アーサーのいるところから掠《かす》れるような声がして、バウアーは目を瞠《みは》った。まさか彼の声を聞くとは思わなかった——しかしアーサー自身が一番動揺したらしく、ががたと激しく机が揺れた。今にもここから飛び出して、どこかへ隠れてしまいそうだ。バウアーは笑いだしたい気持ちを抑え、軽く咳払いをしてわざと顔をしかめた。聞かなかったふりをしなければ、かたつむりのようにひっこんでしまうかもしれない、バウアーはそれが心配だった。せっかくの謎解きを最後まで聞けなくなってしまう。

「朝、正門の守衛がそんなようなことを言っていたんだ。来校者名簿にサインをしないと、給金が入らないとかなんとか。何度も名前をかけば、水増しできるじゃないか」

再び紙片が出てきた時、その指先は小刻みに震えていた。

〝おそらくそれは違うでしょう。変装をしたならば偽名を使わなければ不自然で、偽名を使うとなれば、名簿に書いた住所や名前は架空。とりわけ名簿を参照して給料が支払われるならば、肝心の金、おそらく小切手が手元に届きません。誰かの代理で書いているなら別ですが……しかし、彼女の行動から厨房にいられる時間はせいぜい五分か十分ですよ。それでもまっとうに給金が支払われるかどうか、疑問です〟

アーサーの指摘に、バウアーは今朝正門の若い守衛が言っていたことをはっきりと思い出した。

「そうだ、確か正門の守衛は、仕事が終わった後で料理長から証明書を受け取れと言っていたな。それと一緒に名簿に名前を書く……うん、君が正しいんだろう、アーサー。金の支払いはひとりにつき一回だ。ああそうか、正門は出る時にチェックされる。だからわざわざ裏門から出ていったんだな」

〝入るのが容易な正門は出るのが困難で、出るのが容易な裏門は入るのが困難〟

次に渡されたアーサーのメモにも書いてある。だがまだ納得はできないバウアーは頭を掻きむしり、癖毛の黒髪を更にもつれさせた。

「だとしたら、彼女の目的は卵を盗み出すことだけかい？　危険を冒してまで卵をなぜ盗まなければならないんだろう。しかも一気に取るのではなく、分割するなんて……」

机の端からアーサーの細い指と、次の紙きれが出てきた。まったくいつまでこんなやりとりを続けるんだ？

「アーサー、君が僕と直接話をしてくれるようになるといいんだが。まあいいさ……なんだ、この〝生卵が欲しかったから〟って？」

素っ気ない、それもミミズがのたくるような汚い字の伝言に、バウアーは首を傾げた。しかし今朝、酪農家が荷馬車で卵を運んできたときの、若い守衛とのやりとりを思い出し、はたと膝を打った。

「なるほどわかったぞ！　大量のイースター・エッグの準備で、町の卵はほとんどゆでられてしまった。そういうことだろう？　アーサー！」

観光地でもあるスイフト湖と、壮麗な礼拝堂を持つスイフト校に最も近い町、リトル・

スイフトでは、大量の観光客が訪れるのを見込んでいるはずで、そうなれば自然とイースター・エッグの数も多くなる。酪農家が言った「これでスイフト中の卵がゆで卵になっちまうなあ」というのは、冗談ではなかったのかもしれない。

「なあアーサー、ひょっとして、昨日の騒動も彼女の仕業だったのかな？　ほら、どこかの生徒が卵を割ってしまったという話だよ。変装用の衣装があるのだから、スイフトの制服を持っていてもおかしくない。容姿だって、遠目に見れば少年と見誤るくらいだったし。いや、仲間がやったとしてもいい、要は、卵を大量に運ぼうとして、割ってしまったから、少しずつ運ぶことにしたんじゃないだろうか」

ほとんどの生徒が帰郷中の現在、居残った生徒の中から卵を割った人物を特定するのは、そう難しいことではないはずだ。それでも見つからなかったのは、外部の人物だったからだろう。バウアーは守衛室の窓から外を覗き、ベンチに腰掛けている老守衛の様子を窺った。穏やかな陽光の下でまぶたをつむり、どうやら居眠りしているらしい。

「あの守衛はそろそろ替えた方がいいだろうなあ」

バウアーは頭をがしがしと掻きながら、アーサーに向き直った。

「つまり、あの子の目的は、卵は卵でも、ゆで卵じゃなく、生卵だったわけか」

そこまでバウアーが推理すると、新しい紙切れが机に置かれた。

〝ええ、僕も先生の意見に賛成です。彼女がなぜたくさんの生卵を必要としていたのか、その理由はわかりません。おそらく調理で使いたかったのではと思いますが〞

「なるほど。しかしよくもまあ、あれほど色々な衣装を用意できたものだ。それに、変装しなければならない理由は何だったんだろうね。劇団員かなにかだったのかな」

紙の上をペンが走る音に続き、次の紙片が机の上に載った。そこには〝洗濯婦か、クリーニング店の娘〞と書いてある。

「なるほど、客の服を変装に使ったのか。道理で種類があったわけだ。そういえば、リトル・スイフトのクリーニング店に上着を出そうと思っていたんだ」

バウアーは溜まった紙をまとめると、一度に折り畳んで、ズボンのポケットに入れた。

アーサーと話をしているとごみがたくさんできるな、などと考えつつ、マクラウドがひっくり返したごみについて思い出した。

「そういえばあのごみはどうしたんだい？　君はチェスに負けただろ？」

すると机と茶簞笥の隙間から細い腕がにゅっと突き出て、守衛室の隅を指さした。そこには見覚えのある麻袋があった。

「捨ててきてやろうか？　家政婦さんに渡すのも、君じゃ億劫《おっくう》だろう」

しかしアーサーの頭は横に振れて、バウアーの申し出を断った。なぜだろうと訝しく思ったが、いつもの紙切れがなかなか出てこない。バウアーがこっそり下を覗き込んで様子を窺ってみたところ、アーサーの手元は空っぽだった。どうやら持っていた紙はすべて使い果たしてしまったらしい。

「なんだ。何か書けそうなごみなら、あの麻袋にたんまり詰まっているだろう。持ってきてやろうか？」

アーサーの手が伸びてズボンの裾に触れた気がするが、バウアーは気に留めず麻袋を持ってくると、机の横に置いた。手早く紐《ひも》を解いて袋の口を開ける——すると、中には新聞や手紙ばかりが入っていた。皺だらけの便箋《びんせん》を一枚取る。書き損じて丸めたものを、丁寧に伸ばしたようだった。

「君はこれをもう読んだのかい？」

無言のままのアーサーに構わず、バウアーは次々と中を確かめた。開封済みの封筒の宛名はチャールズ・ワーズワースとある。確かマクラウドは、ウェイクフィールド寮の監督生個室、つまりチャールズ・ワーズワースの部屋から出たごみだと言っていた。

バウアーは書き損じの手紙や、捨てられた新聞に目を通した。そして表情をどんどん曇らせ、最後の便箋を麻袋に入れ直すと、アーサーに向き直った。

「……ゴーリーが怒るわけだ。君はわざとチェスに負けたんだね」

机と茶箪笥の間に入ったアーサーは、膝を抱え、金色の長い髪で顔を覆っている。

「チャールズの手紙には、軍隊の話題が出ているね。彼は近々従軍する。新聞もとってあるのは、バルカンの情勢を知りたかったからかい？」

閉鎖的な寄宿制学校にいると、外の情報に疎くなる。それはバウアーも同じで、新聞をメイドに頼んではいるものの、数週間に一号、部屋に届けば良い方だった。今朝はちょうど新聞がバウアーの元まで回ってきて、それでバルカン情勢の雲行きが再び怪しくなっていると知ったのだった。

セルビアを中心とするバルカン同盟と、オスマン帝国の激しい領土争いは、昨年末に終結したように見えた。しかし、イギリスも関与しているこの戦争の後始末がうまくいかず、不穏な気配をいまだに引きずっている。

「チャールズがバルカンで戦う羽目になると思っているのかい？」

すると、アーサーが顔を上げた。くしゃくしゃの巻き毛の間から、美しい青い瞳《ひとみ》が覗いている。

「……それだけじゃありません。おそらく近々、非常に激しい戦争が起こると思うからです。ひょっとすると世界を巻き込むような規模の。新しい兵器や飛行機を使うような、誰も見たことのない戦争が」

ひどく掠れた声でアーサーは言った。

「チャールズだけじゃない、キリアンもピーターも、いずれ入隊してしまう。いくじなしの、人と話せない僕だけを残して。僕は……僕は、兄弟を戦場に行かせたくない」

内容よりも、バウアーは彼が自分の口を使って話をしたこと自体に驚き、まるで千年そこにあった岩が動いたような衝撃を受けた。

「君、しゃべれるのかい」

バウアーが半笑いで首を振ると、アーサーは再び膝に顔を埋《うず》め、だんまりを決め込んだ。

彼のその様子に、バウアーはふっと溜息をつくと眉尻を下げ、茶化すのをやめた。

「なあアーサー、僕も君と同じなんだよ。裏庭に来る前、スクール棟で卒業生が軍服を着ているのを見て、ひどく胸がざわついた。でも、僕は君らにとって異国人だから、若い身空で軍人になる慣習に違和感があるんだろうと思っていた。しかし君が、兄弟に対してそう感じているのを聞いて、少し安心したよ」

しかしアーサーはいつまで経っても口を開かず、体を強ばらせたままだった。バウアーは仕方なしに守衛室を出て、スクール棟の自分の部屋へ向かう。日は傾いて、昼間は咲き誇っていたラッパ水仙に影を落とし、吹く風はひやりと肌寒いくらいだった。

週が明けた月曜の午後、バウアーはリトル・スイフトへ出かけた。町のもくろみどおり、大勢の観光客が訪れ、そこら中でイースターの遊びに興じている。イースター・エッグの残骸《ざんがい》らしい、色つきの卵の殻が、あちこちに捨てられていた。

バウアーは大通りに面した、クリーニング店のドアを叩いた。生地がすりきれた上着と、サンドイッチのソースで汚したズボンを渡す。

「仕上がりは少し遅くなるよ」

そう言いながら店主は親指を舐《な》め、伝票をめくった。店主はずんぐりとした体つきで、オウムのくちばしのようなかぎ鼻が印象に残る。

「そいつはちと困るな。学校がはじまる前に仕上げてもらいたいんだが」

「悪いなあ、先生。実はうちのせがれが今日、戦場から戻ってくるんでさ。このあたりの若い奴もそうだが、のんびりさせてやりたいんだ。学校がはじまる当日じゃまずいかな？うんとまけるよ」

「ふうむ……なら仕方がないか」

バウアーが頷いてやると、店主はでっぷり肉のついた頬を緩め、「すまんなあ」と謝りながら、店の奥へ洗濯物を持って行った。バウアーがカウンターにもたれかかって準備が整うのを待っていると、裏口からひとりの少女が現れた。例の、小柄で猫背の、変装して卵を盗んでいた娘だった。

「なるほど、かぎ鼻は親父さん譲りなんだな」

少女はバウアーに気がつくと、一瞬だけ顔を強ばらせたものの、思い直したように頷いて、指だけで外をさした。目配せで応《こた》えたバウアーは、戻ってきた店主に料金を支払い、外へ出た。少女は、店の脇に生えた細い木の陰で待っていた。

「御礼を」

少女は汚れたエプロンのポケットをまさぐり、銅貨を一枚取り出した。躊躇《ためら》いがちに差し出された一ペニー銅貨を、バウアーは首を振って拒んだ。

「いらないよ、あれはただの気まぐれだから。それより、なぜ生卵をあんなに必要としていたのか、教えてくれないか？　誰にも言わないと約束するから」

軍靴の音が聞こえ、すぐ横の道を、くすんだ色の軍服に身を包んだ青年達が、賑やかにおしゃべりをしながら歩いて行った。イースター休暇で帰郷した軍人たちだ。スイフト校の卒業生のような、立派な士官の身なりではなく、一般の歩兵の軍服を着ている。強い春風が吹いて砂埃《すなぼこり》が立ち、バウアーは目を細めた。風がやむと、少女はそっと口を開いた。

「……兄さんたちが、あの中にいるんです。私だけじゃなくて、町に残った小さな幼馴染《おさななじ》みたちも、兄をようやく迎えられたんです」

「卵を盗もうとしたのは君だけじゃなくて、仲間がいたってことかい？」

「実際に盗んだのは私だけです。他の子は私より小さいので、外の茂みに待たせておいて……みんなで協力して、兄さんたちが出発する前に、美味《おい》しいケーキを焼いてあげたかったんです。戦場ではケーキなんて食べられないって聞いたから」

「……だから生卵だったのか」

「はい。私たちはイースター・エッグなんていらない」

少女は小さな両目に涙を溜め、下唇をきゅっと噛《か》み締めた。

クリーニング店を後にしたバウアーは、終わりに近づいた復活祭の喧噪《けんそう》をかき分けた。

町の入口でアーサーの言葉を思い出し、ふと振り返る。ぬるい風はなおも吹きつけ、軍服を着た青年達の姿は、舞い上がる砂埃に消えた。

カドクラさん

どこもかしこもぎゅう詰めだった。教室では隣の席のやっちゃんとしょっちゅう肩がぶつかったし、たまにお風呂《ふろ》屋さんに行くと、広い湯船に坊主頭の子どもやらおじさんじいさんやらがぎっしり詰まっている。はしっこにどうにかうずくまると、お湯はぬるくて水かさもひざまでしかなく、どろどろしていた。お国から頂いた配給石鹼《せっけん》は、変なにおいがするうえにちっともきれいにならないし、脱衣所で服をはたくと、誰かからうつされたシラミが乾いたお米粒みたいにぱらぱら落ちる。お風呂に行くのがいいのか悪いのかわからなかったけど、「兵隊さんは風呂にも入らずお国のためがんばっていらっしゃるのに、文句をたれるな。ありがたいと思え」と叱られるので、お湯から出たらお風呂にお辞儀することにしている。

夜行列車ももちろんぎゅう詰めで、僕はガタゴト鳴る寝台の端っこに横たわり、いびきをかいて眠る知らないおじさんのくさい息からどうにか鼻を離そうと、四苦八苦した。寝ている間に盗まれないよう、お腹に紐《ひも》でくくりつけた風呂敷包みとリュックを、ずらさないよう抱きかかえ、どうにか壁の方を向く。お母様が持たせて下さった風呂敷包みはやわらかくて、うちのにおいがする。風呂敷に鼻を押しつけ、墨でぬったように暗い窓を見つめていると、誰かのすすり泣きが聞こえた。

僕はこれからひとりで遠いところへ行く。行きたくもないけど、安全な場所ですごせるだけで幸運なのだから、我慢しないといけない。お風呂屋さんに行く時のように。

気がつくと僕は夢の中にいて、防空ずきんをかぶってお母様と一緒に逃げていた。空襲警報が六秒鳴って、三秒止まり、また六秒鳴る。遠くの空が焼けて、濃い赤色に染まっているのが見えた。僕の街にはまだ爆撃機は来ていないはずなのに、何度も夢に見るんだ。

朝、列車はぎゅーっとすごい音を立てながら停まった。大人に押しやられたり、怖い顔の憲兵さんに「どけっ！」と怒鳴られたりしながら駅に降りると、丸いメガネに、胸まで届きそうなほど長い白ひげを生やしたおじいさんが、僕を出迎えて下さった。

「ミノル君だね」

お母様の「トオエン」の方で、カドクラさん、といった。そうこうしているうちにも改札から人がわんさとやってくるので、カドクラさんが「手をつなごう」と左手を差し出して下さった。けれど、僕はついその指先をまじまじと見つめてしまった。人差し指と中指が途中からすっぱりなくなっていて、爪も関節もない、ただのつるつるした、丸っこくて短い肉の棒だったから。でも出かける前、お母様が「カドクラさんは前の戦争でご活躍なさった英雄なのだし、決してあれこれ聞いてはなりませんよ」とおっしゃったことを思い出し、僕は何も言わずにカドクラさんと手をつないだ。

ここは山が近くて、海の音とにおいもする。僕のいた街では、道ばたや公園の土を掘って耕して野菜を植えていたけれど、こっちには本物の畑や田んぼがある。家や建物もぎゅう詰めではなく、あちこちに点々と立っていた。吹く風は松のツンとするにおいがし、そちらを向くと濃い緑の松がたくさん生えていて、曲がった幹の向こうに青黒い海が少しだけ見えた。海はところどころ白く、さざ波が躍っている。戦争中だなんて思えないくらいおだやかだった。

カドクラさんのご自宅、つまり僕がこれからしばらく暮らす家は、海辺の松林のすぐそばにあった。カドクラさんはもう九十歳で、奥さんは亡くなり、子どももいないので、一人暮らしなんだという。庭にはまだ青いトマトや曲がったきゅうり、さつまいもが植えられていて、まわりを金網で囲ってあった。

「なぜ金網で囲ってあるんですか?」

「盗《と》られないようにさ」

口には出さなかったけれど、変なの、と思った。こちらにはたくさんの食べ物があるし、人も親切だから平等に分けてくれる、って聞いていたから。

玄関から、うす暗くひんやりした土間を通り、草履をぬいで板間に上がる。運動靴はゴムがもったいないからとずいぶん前になくなって、みんな足もとは草履か裸足《はだし》だ。カドクラさんに言われるまま、じめじめする畳に正座して待っていると、カドクラさんが湯のみを持ってきて下さった。中身は梅干しの種が入ったお湯だった。しょっぱいものは久しぶりだ、種を口に入れてから、お湯をちびりちびりちびりと大事に飲む。

広いお部屋に正座して、白いひげで顔じゅうしわだらけの、知らないおじいさんと向かい合っていると、指先が震えてしまう。来たばかりなのに帰りたくて仕方がない。せめてお母様が一緒に疎開して下さっていたらよかったのに、隣のおうちに気をつかって、お残りになった。僕のお父様は戦地で敵と戦うための飛行機を作っていらっしゃり、お姉様は病院で兵隊さんの看護をなさっているから、家にはもうお母様しかいないんだ。

知らないお部屋、知らない壁のしみ、知らない人、知らない食べ物。カボチャとカボチャのツルを炊き合わせた晩ご飯は、代用しょうゆの味が濃すぎて、飲み込むのが大変だった。ここに来てからずっと足の裏が冷えていて、お腹が痛く、何度もお便所に行く。

平べったい、知らないにおいのする布団に寝転がって、お母様が風呂敷包みに入れて下さったお手紙を読む。「カドクラさんにご迷惑をおかけしてはなりませんよ。あなたが元気をなくすと戦地にいらっしゃるお父様やお姉様が悲しみますから、元気でいなさいね」。

お母様のきれいな字を指でたどり、わざとゆっくり読む。お手紙は、お行儀をよくすること、新しい学校では勉強をがんばり、お友達と仲良くすることとつづき、最後にこう書いてあった。

「こんなことになって、ごめんなさいね」

お母様にあやまってほしいことなんてひとつもないのに、なぜごめんなさいと書いてあるのかわからなかったけれど、お手紙は丁寧にたたみなおして、風呂敷包みにしまった。明日《あした》になったら、僕は元気です、新しい学校でもすぐお友達ができました、とお返事を書こうと思いながら眠る。

けれども新しい学校は、ちっともよくなかった。張り切ってあいさつしたのに誰も返事をしてくれず、教科書を持ってないので、見せてと頼んでも無視されて、くすくすひそひそと陰口が聞こえる。そのうち、僕のしゃべり方は気取ってると笑われ、真似されて、僕は熱いほっぺたの内がわを噛《か》みしめ、涙が出ないようにした。

お昼ごはんは都会と変わらず、麦の薄い雑炊か、ふかしたさつまいもだった。白いお米や立派な野菜は、憲兵さんや、えらい仕事をしている大人の方にお譲りして、僕らはお腹が空《す》いていないふりをした。大変なのは「キンロウホウシ」の時間で、胃ぶくろがからっぽで力が出ないのに、山へ行って食べられそうなどんぐりや、しいの実を集めたりした。

木の実を粉にして、兵隊さんに送るんだと言われたから、みんながんばった。けれど学級のボス、体が大きくて力の強いやつが、急に「おい、じゃまだ！」と文句をつけて僕を突き飛ばしてきた。籠《かご》に入れていた木の実がばらばらと転がる。いいかげん腹が立った僕はボスの背中に体当たりして、大げんかになった。短い髪をつかみ合い、口をこぶしでなぐる。誰かが先生を呼びに行ったけど、僕らはけんかをやめなかった。ボスは僕の襟首をつかみ、こう言った。

「お前、カドクラのじいさんの家にいるんだろ。そんならお前もヒコクミンだ。ヒコクミンは殴られても文句は言えないんだ」

僕は思わず眉《まゆ》をひそめ、手を止めてしまった。そのすきにボスにお腹を殴られ、息ができなくなり、土の上にうずくまった。先生がやっと来たけど、胃の悪そうなひょろひょろした先生はボスを少し叱っただけで、誰も僕を心配してくれやしない。

ヒコクミンというのは、お国に逆らっている悪い人のことだ。だけどカドクラさんは、前の戦争で英雄だったとお母様は言っていた。英雄が悪い人だなんてきっと何かの間違いだ。学校が終わると僕は走ってカドクラさんの家に帰り、確かめようとした。

カドクラさんは庭にいた。腰をかがめて白い髭《ひげ》を地面にくっつけそうになりながら、野菜の様子を見ていた。近くに寄ってみると、野菜を泥棒から守る金網には、たくさんのトゲがあった。あのいやなボスがうっかり触って指を刺してしまえばいいのに、と思った。

カドクラさんはふと顔を上げて、しわがれた声で「おかえり」とおっしゃる。さっきまでの勢いは、カドクラさんの顔を見ると急にしぼんでしまい、なかなか言い出せなかった。

晩は庭で掘ったさつまいもと薄くて具のないお味噌《みそ》汁を食べ、水甕《みずがめ》の水でお椀《わん》を洗う。星のまたたく夜空がきれいで、僕は庭に出て山の方を眺め、遠い場所で暮らすお母様のことを思った。ここはおだやかだけど、街はどうなっているだろう。爆撃機は来ていないだろうか。おそろしい空襲警報が鳴り、空を血の色に焼いてはいないだろうか。お母様は――でもそんな不安を口にしたら、お父様から「みんな悲しいのを我慢してがんばってるんだぞ。勇気をくじけさせるつもりか」と叱られてしまうだろうし、ぐっと飲み込む。

「大丈夫かい」

振り返ると、カドクラさんが立っていたので、あわててうなずく。するとカドクラさんは上着のポケットから、キャラメルの箱を出して僕にくれた。キャラメルなんてもうずっと食べてないし見てすらいない。驚いていたら、カドクラさんは縁側に座って言った。

「ミノル君がうんと小さかった頃、お国はとても豊かだった。おいしい食べ物やきれいな服がたくさん手に入ったし、あちこちに手紙を出せたし、電話もできたし、新聞を読んで何が起きているのか知ることもできたのだよ。だが今やこのありさまだ」

カドクラさんの口調もまなざしも優しい。だから僕はうっかり、お母様が死んでしまったらどうしよう、と言いそうになった。戦争や空襲は、家も人も飼っている犬猫も、何もかも焼いてしまうむごいものだと聞いたことがある。だけど僕にそれを教えて下さった先生は、お国に「ハンギャク」したとかで学校を休み、しばらくして戻ってきたら、別人みたいに大人しく、無口な人になっていた。

言っちゃいけない、書いちゃいけない言葉がいくつかある。その中には、今カドクラさんが言ったことや、僕自身が口に出しそうになってしまった言葉もある。ボスが「ヒコクミン」とののしる声が頭にひびく。

怖くなった僕はキャラメルのお礼だけを言って、自分の部屋に戻ろうとカドクラさんの脇をすり抜けた。その時、カドクラさんが「ああ、我々は本当に、また失敗してしまったんだなあ」と呟《つぶや》いた。

僕は大急ぎで畳を横切り、廊下を小走りに進んで布団にもぐった。虫の声と海の波音ばかりが聞こえた。こんなに夜は静かなんだから、戦争のむごさなんて嘘だ。

それから少し経った後、お国のえらい人たちが学校にいらっしゃって、「敵を打ちのめすために、飛行機の燃料を松から採取せよ」とおっしゃった。松の木には油がたっぷりあり、しかもよく燃えるから、重油やガソリンのかわりになるんだそうだ。

僕らはくわやシャベルを手に、張り切って海辺に出かけ、松林の切り株の根を掘った。子どもたちだけでは足りないからと、近所の奥さん方がやって来て、まだ生えている松の幹を削って松ヤニを採った。

「松根油《しょうこんゆ》増産は、全軍および全国農業経済会、そして最高司令部からの重大な指令です。みなさん、がんばりましょう！　敵を討て！　今度こそ勝つぞ！」

校長先生が右手をたかだかとあげると、みんなも「勝つぞ！」と応じて、右手をあげる。学級の子が、松の油でどれだけの飛行機が飛ぶのかと訊《たず》ねると、先生は「二百本で一機が一時間飛べる」と教えて下さった。

だから僕もはじめのうちは、松根を採るのに夢中になった。お父様の飛行機が僕の採った松の油で動くだなんて、想像しただけでわくわくした。けれども、切り株の根を掘るならまだしも、まだ生きている木の幹や枝のあちこちに傷をつけると、松のにおいはむせかえるほど強くなり、まるで「いたい、いたい」と泣いている気がした。

つい、かわいそうに思ってほんのつかのま手を止めると、たすきに「松根出せ・増産完遂」と書いた、茶色い制服姿の役人さんがじろっとこっちをにらむので、あわててけずりカンナで幹をけずった。お父様のためだもの。僕は松の幹にそっと口を近づけて「これでお国が勝てるんだから、がまんしろよ」とささやいた。

たくさんの松の根を掘り、重いのでそりに載せて運んでもらい、幹からしたたる松ヤニを竹筒に入れた。汗みずくの泥だらけで顔を上げると、すでに空は赤く、夕方になっていた。がんばったけれど、松ヤニは一斗缶分も集まっていない気がする。にこにこしているのは役人さんを相手にしている校長先生だけで、他の人はあまり元気がない。僕もたぶんそうだろう。本当にこれで飛行機が飛べるのかしら？

校長先生が「最後にもう一本分、松ヤニを採って帰ろう」とおっしゃったので、僕らは松林の一番端っこにあった松の幹から採ることにした。その最中、これまではずっと僕を無視していたボスがすぐそばに来て、にやにや笑いながら僕の手元を見た。

「はやくやれよ、へたくそ」

かっとほっぺたが熱くなる。今すぐ突き飛ばせたらどんなにいいか。僕は鼻の穴を膨らませて息をあらくしながら、けずりカンナを幹にすべらせた。誰よりも早く松ヤニを採って見返してやろうと、力をこめて。

「あっ！」

はじめはいたくなかった。ただ熱く、体がぶるっと震えた。中指と人差し指の間から真っ赤な血があふれて止まらず、まるで心臓が僕の左手に移ってしまったみたいに、どくどくと強く脈打った。遅れて、すさまじいいたみがやってきた。

そばにいた同級生たちが、ぎゃっと叫んで走って逃げていく。ボスもどこかへ行ってしまった。僕も頭が真っ白で、学校でさんざん習ったはずの応急処置を忘れた。傷の深さを確かめるのもおそろしい。このまま出血多量で死ぬかもしれない。すると奥さん方のひとりが気づいてくれて、手ぬぐいを僕の手にあてがい、「はやくお医者へ！」と先生に呼びかけて下さった。

カンナはもう少しで、僕の人差し指を切り落としてしまうところだった。お医者様は難しい顔をされ、「骨は無事だが、腱《けん》がいけない。ちゃんと手術したいけれど麻酔がないのでな。一生動かなくなるかもしれん」とおっしゃった。お医者様に傷口を縫ってもらい、シーツで作った包帯を巻いて、僕はとぼとぼと家に帰った。

こんなはずではなかった。見返すはずが、失敗だなんてかっこ悪すぎる。明日学校へ行ったら、ボスはきっと僕をもっと馬鹿にするに違いない。失敗してしまった。うまくやれなかった。

夕陽が差す、黄ばんで乾いた道に、僕の黒い影が長くのびる。顔を上げると、庭先にカドクラさんが立って、僕を待ってくれていた。カドクラさんの左手のつるんとした短い指に、つい目がいってしまう。僕は心に張っていた何かが切れたように、わあわあ声を上げて泣いた。

縁側にふたりで腰かけ、ヒグラシと風鈴の音を聞く。おやつがわりのきゅうりがたらいで冷やしてあって、氷がからんと音を立てて溶けた。僕はしゃくりあげながら、どんなに間抜けな失敗をしてしまったのか話した。ボスはともかく、本当に指が動かなくなったら、お父様に何て説明すればいいだろう？　お国のために傷ついたならともかく、同級生と張り合って指を切ったなんて、お父様はきっと恥ずかしいと思うに違いない。お母様はきっと泣くだろう。そういうことを全部、打ち明けた。指をなくしたこのおじいさんならわかってくれる気がして。

カドクラさんは僕の肩にそっと手を置くと、「失敗はただ失敗として心に留めておきなさい」と言い、静かに話しはじめた。

「前の戦争の時、私はちょうどミノル君と同じ年頃だった。父親や兄が戦争に行ったし、大空襲に原爆で、この国が焼け野原になるのを見たよ」

前の戦争のことを話す人は、もうほとんどいない。昔は教科書にも載っていたらしいけれど、原爆、と聞いてもぴんとこなかった。

僕はまだ空襲を見てないし、お国が焼け野原になるなんて想像できないけど、カドクラさんが尋常《じんじょう》小学校の生徒だった時、村が焼けたそうだ。街や工場だけ狙われるはずが、爆弾は落ちてきてしまったという。

「あっという間に火に囲まれたよ。焼夷弾《しょうい》がばらばら降ってくるんだ。家族と一緒に逃げる途中で、目の前に焼夷弾が落ちた。ガラス、木片、砕けた壁、あらゆる破片がささった妹と弟をおぶって避難して、気がついたら指をなくしていた。無我夢中だった」

「すごい、だからあなたは英雄なんですね」

「違うよ。妹は死んでしまったし、英雄のはずがないじゃないか。それに私は君よりもずっと多くの失敗をしている。今だって」

カドクラさんは遠くを眺めるような目で言った。

「……まさか生きているうちに、また戦争になるとは思わなかった」

空は赤い。これは夕焼けなのか、それとも遠くの街が燃えているのか、わからなかった。風の音にまぎれて聞こえるあの音は、空襲警報ではないだろうか。

「失敗だよ。完全なる失敗だ。もしわれわれがこんなに愚かでなければ、君が松ヤニを採ることもなかったし、指も無事だったろうに。そもそも松根油はな、燃料にならないんだ。前の戦争の時にもたくさん集めたけれど、黒い煙がぶすぶす出るばかりで、なんの役にも立たなかった」

「じゃあどうして集めてるの？」

「国民が戦争のために何かいいことをしてる気分になるからさ。それかみんな、松根油じゃ飛行機は飛ばんと、知らないのかもしれん」

僕は、家のそばで誰も聞き耳を立てていませんように、と祈った。こんな話を聞かれたらカドクラさんは憲兵に連れて行かれてしまうに違いない。それどころか、本当にお国のためを思うなら、僕はカドクラさんのことを憲兵に言いつけないと——でもそんな気分にはなれなかった。カドクラさんは縁側であぐらをかき、長い長い息を吐いた。

「きっと人は、何度も争うものなのだろうな。一度走り出したら止められないのに、簡単にはじめてしまう。人も家も財産も自然も、なにもかもお国のために絞り出して戦って、やっぱり失敗だったと言うんだ」

「……勝てば失敗じゃないでしょう?」

前は負けたから「今度こそ勝とう」は、お国の標語でもあった。どんなにぎゅうぎゅう詰めの生活でも、お腹が空いても、隣の人と肩をぶつけながら入るどろどろのお風呂を我慢しても、知らない土地で暮らすはめになっても、最後に勝ちさえすれば、幸せになれるって。でもカドクラさんは悲しそうな目で僕を見る。

「勝ったら、君の指を怪我させた意味のない松根掘りも、他の国の人間を殺すことも、正しくなってしまうだろうな。そしていずれは負けた国から復讐《ふくしゅう》される。誰もが勝ち負けにこだわっているうちは、戦争はいつまでも続くんだ」

「でも失敗したら悔しい。見返してやりたくなります」

僕には負けたくないという気持ちがある。僕は包帯でぐるぐる巻きになった左手を見た。うっすらと赤い血がにじんでいる。

するとカドクラさんは指の欠けた左手で、僕の頭をぐりぐりと撫《な》でた。

「人間には戦わなきゃならない時もある。自分や家族、大切な人、誇り、尊厳、命、そういうものを守るために戦うべき時もある。でも、必ず立ち止まってよく考えなさい。その怒りは、その拳《こぶし》は、本当にみんなを幸せにするかと。誰かを傷つけたり、騙《だま》したりしてでもやるべき戦いなのかと。

君はどうだい。何のために勝ちたいんだ。勝って相手を服従させたいか？　同じ目に遭わせて鬱憤《うっぷん》を晴らしたいか？」

僕はカドクラさんの目を見られなかった。腹が立ったし、カドクラさんは何もわかってないと思ったから。その一方で、顔は火が出そうなほど熱かった。恥ずかしかったのだ。

次の日の朝、思ったとおりボスは僕をからかってきた。

「やい、ドジ。指はどうなった？　ママに唾《つば》をつけてもらいに故郷へ帰れよ！」と。僕は感情のままボスに突進し、殴りかかった。カドクラさんのお説教なんて頭から消えていた。

僕らは取っ組み合ったが、僕が殴った拍子に、傷口が開いて鮮血がほとばしった。ボスは驚いたのか動きが止まり、その隙に僕は彼の顔面に拳を振り上げた。嫌な音がして、ボスの鼻の骨が折れたのがわかった。あたりは血まみれで、ボスはひどく泣き、みんな僕から離れていった。

家に帰ると、カドクラさんは僕の包帯を新しいものに替えてくれながら、一筋の涙を流した。お父様の涙は見たことがないが、カドクラさんは泣いたのだ。悲しげな、つらそうな顔で。喜びも希望も全部失くしてしまったような灰色の瞳《ひとみ》で。

僕は激しく後悔した。けれどももう遅かった。

翌日、僕の街が焼けたというしらせがきた。お母様のことを心配する間もなく、この村にも空襲警報がとどろいて、僕らは逃げた。松林はぼうぼうとよく燃え、空だけでなく海さえも赤く染まった。学校にも爆弾が落ち、同級生が何人か死んで、その中にはボスもいた。僕の動かない人差し指がずきずきいたむ。カドクラさんは、家が崩れた時に下敷きになった。

燃えさかる火の中をひとりで走って、走って、生き延びようとしながら、どうしてお母様が手紙に「ごめんなさい」と書いたのか、カドクラさんが「完全なる失敗」と言ったのか、わかったような気がした。丘に登り、焼け焦げてすっかり様子が変わってしまった村を見下ろしながら、僕は頭の中でカドクラさんと会話する。

「僕が年を取ったら、今の僕のような子がまた松根を掘るんでしょうか」

「何もしなければ、あるいは」

「……じゃあ何をしたら？」

頭の中のカドクラさんは答えてくれない。僕にはもう何もわからない。

丘の下から悲鳴が聞こえる。空から数え切れないほど多くの焼夷弾が落ち、顔も手足も熱くてしかたがなかった。

僕はやっと泣いた。緩んでいた包帯が外れ、ぐずぐずに膿《う》んだ傷口が露《あらわ》になった。みんな死んでいく。いったい誰が、次に語り継いでくれるんだろうか。

本泥棒を呪う者は

御倉《みくら》たまきほどの癇癪《かんしやく》持ちはなかなかいない。怒りの沸点が低いだけならいいが、たまきの場合は常日頃から不機嫌で、四六時中、何かしらに腹を立てていた。

常に眼《まなこ》を鋭くし、膨れっ面仏頂面の幼いたまきに向かって、同じ読長町《よむながまち》に住む大人たちは、この子の中には「疳《かん》の虫」がいる、と揶揄《からか》った。しかししばらくすると誰も笑わなくなった。なぜならたまきは揶揄いを決して許さず、激しく怒り、怒鳴り、泣き叫び、物を投げつけたりし、人々は呆《あき》れ、疲弊し、遠ざかっていったからである。

たまきはそれで良かった。ひとりぼっちになってせいせいした。ひそひそと陰口をたたかれようと気にしなかった。齢《よわい》五歳にして、世の中の誰も彼も愚かだと思っていた。自分と、父の嘉市《かいち》以外は。

一九〇〇年生まれの御倉嘉市は無類の本好きで、指折りの蒐集家《しゆうしゆうか》だった。産まれた時から読長町で暮らし続け、物心ついた頃から本好きになり、創刊から『新青年』を買いそろえ、大正時代末期に円本《えんぽん》や近代名著文庫が発売されると、それもすべて集めた。その気さくな人柄は人々から愛され、明晰《めいせき》な頭脳は誰からも信頼され、やがて街の名士として知られるようになった。嘉市が成人するのとちょうど同じ頃、さして広くはなかった読長町に書籍商が集い、書肆《しょし》を開け、骨董《こっとう》価値のある古文書から散文、詩、小説の売り買いが、そこかしこで行われた。読長町はその名のとおり、本の町となった。

読長町に書肆が乱立すると、嘉市の蔵書はますます増え、本人でさえ正確な数を把握できなくなった。本は自宅の書架から溢《あふ》れ、床を埋め尽くし、眠る場所さえなくなって、嘉市は本のための別邸を建てた。その別邸は御倉館《みくらかん》と呼ばれた。蔵書のほとんどは小説で、中でも娯楽作品は国内から海外まで幅広く集まっていた。

嘉市の結婚は遅く、娘のたまきが生まれたのは戦後しばらく経ってのことだった。爆撃機の影が空から消え、町の灯がふたたび夜を明るく照らし、復興の音が賑《にぎ》わう頃、たまきは産声を上げた。幸いにも戦火を逃れた御倉館は、忙《せわ》しい母に代わって赤ん坊の揺り籠《かご》になった。揺り籠はやがて遊び場に、遊び場はやがて学び舎《や》に、学び舎はやがて、たまきの人生の意義そのものへと変化していった。

たまきは本を愛していた――愛という言葉では収まりきらないほどの感情は、もはや信仰だった。なぜ読書を中断して食事を摂《と》らねばならないのか理解できず、朝から晩まで飲まず食わずで本に没入し、母親が泣きながらたまきの口をこじ開け、粥《かゆ》を盛った匙《さじ》を突っ込んだことさえあった。なぜ眠らなければならないのか、なぜ便所に行かねばならないのか、なぜ学校へ行かねばならないのか、なぜ本よりも人を愛さねばならないのか、たまきには理解できなかった。本は完璧《かんぺき》だが、人間は醜く、愚鈍で、非効率的だ。自分自身も人間であることが悔しく、母を恨んだことさえあった。それでも父の嘉市だけは尊敬していた。

名士としては信頼されていたが、親としての嘉市は、良い父親とは言えなかった。たまきや他の子どもたちの世話は妻に任せきりで、仕事を終えた後の自分の時間は、本を集め、読むことに費やした。妻や子どもたちより、新刊書店や古書店の店主、蒐集家仲間とする会話の方が多かった。家族に対して冷たく無関心なのではなく、好きなことばかりをやりたがる子どもと似た、無邪気さからくる横暴だった。たまきの弟妹や母は嘉市に呆れ、本からも遠ざかったが、たまきは、読書量では決して追いつけない父に歯嚙《はが》みしつつ、超えられない背中を追いかけた。サンルームのソファで山積みの本に囲まれる父、痩《や》せぎすの体に浴衣《ゆかた》姿で黒縁眼鏡をかけ、新聞広告でも瓶のラベルでも活字ならば何でも読み漁《あさ》り、自分の世界に入ってしまうずぼらな父に代わり、たまきは蔵書の管理をし、帳簿をつけ、御倉館の書架を掃除した。

本の奴隷になることはむしろ望ましかった。しかしひとつだけ、許し難い不満があった。それは嘉市が御倉館を開放し、誰でも中に入って好きな本を読めるようにしたことだった。

増改築を繰り返した御倉館には、自治体の図書館以上の本が揃っており、嘉市の晩年には地下二階から地上二階までの巨大さを誇った。蔵書が納められた書庫は、日焼けを防ぐため直接日が差さないよう、かつ換気が徹底できるよう工夫されていたが、人々が集う読書室だけは、大きな窓からさんさんと太陽光が降り注ぐ、明るいサンルームになっていた。

御倉館には大勢の人がやって来た。老若男女問わず、玄関から上がり、自由に書庫に入って本を選び、サンルームの椅子やソファに腰掛けて読んだ。その光景を嘉市は満足げに微笑んで眺めたが、たまきは苛立《いらだ》つばかりだった。人は自分や父のように本を愛していない。大切に扱わない。指を舐《な》めてページをめくる者、読み止《さ》しの本を開いたまま伏せてしまう者、めちゃくちゃな場所に本を戻してしまう者。返却用の棚に置かれた本を検《あらた》めれば、ページが破れていたり、飲食禁止にもかかわらずお菓子の染みがついていたりすることもあった。子どもは本に飽きて騒ぎ出し、読書室を走り回る。

なぜ父は、物の価値のわからないやつらに本を読ませようとするのかと、たまきは腹が立って仕方がなかった。とはいえ、それだけならまだマシだった。盗難に比べれば——。

書架にあったはずの本が一冊なくなっていると最初に気づいた時、たまきは卒倒しかけた。御倉館では、嘉市の知己や身元の明らかな学者など以外には、貸し出しを許していない。全身の毛が逆立つほど怒り狂い、読書室にいた者たちすべてを問い詰め、ひどく狼狽《うろた》えさせた。相手が老人だろうが子どもだろうが容赦なく怒鳴り散らし、警察を呼ぼうとしたところで、騒ぎを聞きつけた嘉市がやって来て介入した。嘉市は、あの本がいつなくなったのかわからないのに、彼らを責めても仕方がないだろうとたまきを諭したが、たまきは納得がいかない。

結局その本は、翌日返却された。まだ就学前の小さな子どもが誤って親の鞄《かばん》に入れてしまっただけで、悪意のある盗みではなかった。しかしそうとわかってもたまきの怒りは収まらなかった。

「御倉館は完璧な存在だ。円がほんの少しでも欠けたら円ではなくなるように、完璧を崩すことはまかりならない。御倉館は常に十全でなければ」

たまきの蔵書に対する執着はどんどん増し、苛烈《かれつ》になっていった。嘉市の本はもとより、自身の集めた本については、土蔵めいた分館に置いた上、鍵《かぎ》付きの書架に仕舞い込んで、自分と嘉市以外の人間には誰ひとり触れさせなかった。

たまきは三十歳を過ぎてから結婚し、息子を産み、あゆむと名付け育てたが、夫とはすぐに離婚した。もとより御倉の血を絶やすまいとしてこぎつけた婚姻だったし、ふたりの間には愛も情もなく、愛人を作って出ていった夫のことはすぐに忘れた。

あゆむが小学校に上がる頃、嘉市は亡くなった。尊敬する父の逝去をたまきは悲しんだが、それ以上に、これでようやく御倉館を閉じて一般人から遠ざけられる、その喜びの方が勝った。しかし嘉市はそれを予期していたのか、自分の死後も御倉館を一般開放すべしと、遺言で娘に釘《くぎ》を刺していた。たまきは弟妹や弁護士がいる前でも憚《はばか》らず怒り狂い、地団駄を踏んで悔しがった。

すべてが変わったのは、あゆむが十二歳になった梅雨のことだった。

その日、御倉館の裏手にある読長神社では、水無月祭《みなづきさい》が行われていた。読長神社は〝本の町〟を標榜《ひょうぼう》する読長町らしく、書物にまつわるあらゆる願い事や厄払いなどを請け負っており、参拝客は町内外から訪れ、故人や破れた恋の名残など思い出の詰まった本を奉納したり、清めてもらったりした。水無月祭は読長神社の最たる行事で、屋台が賑々《にぎにぎ》しく軒を連ねる中、人々は本のお守りを買い、絵馬に願い事を書き、担がれる神輿《みこし》を眺めた。

数日前に腰を痛めたたまきの代わりに、あゆむが御倉館の番をしていた。祭りのおかげで、御倉館にひとけはほとんどなかった。小学六年生のあゆむはそわそわして落ち着かない。片想い中の同級生の女子が水無月祭に行くと小耳に挟み、ぜひ会いたいと考えていたからだ。

同じクラスの女子同士で行く様子だったが、あの子は屋台で何か食べるつもりなのだろうか？　かき氷でも一緒に食べられたら幸せだが、たこ焼きでもりんご飴《あめ》でも何でもかまわない。空想癖の強いあゆむは想像を様々巡らせて、うきうきした。もし、最近噂になっている読長神社の幽霊——松の木ほども大きな黒い影がおいでおいでをしているという——が現れたら、僕があの子を守ってやるんだ。噂について母に話したら、鼻で笑われたけれど、僕だって幽霊も影も怖くない。

時計の針を五分と待たずに確認すること数十回、ついに閉館時間の午後五時を迎えると、あゆむは読んでいた本を閉じ、大急ぎで館内の見回りをした。そして一階奥にある第二書庫を開けたとたん、血の気が引いた。

手前の書架一台分、本が丸々消え失《う》せていた。いっそすがすがしいほどに空っぽだった。優に二百冊はあっただろう、棚にあるはずの蔵書が、何者かによって持ち去られていたのである。

報《しら》せを聞いたたまきの激昂《げっこう》たるや凄《すさ》まじく、一晩で町が消し飛んでしまいそうなほどの暴風ぶりだった。その場にいたにもかかわらず気づかなかったとして、あゆむを怒鳴りつけ、弾丸のごとく御倉館から飛び出すと、道行く人を片っ端から捕まえて「お前が盗んだのか」「うちの本をどうしたのか」と詰問した。当然、何の関係もない、事情すら知らない人々は困惑し、否定したが、怒りで常軌を逸してしまったたまきの耳には届かない。町民たちは摑《つか》みかかってくる手を振り払い、這々《ほうほう》の体で逃げ出した。

たまきは髪を振り乱し、着物を着崩れさせながら駆けずり回って、失われた本の行方を追おうとした。水無月祭で賑わう読長神社に乗り込み、夏至の長い夕暮れに染まる境内で、大声を張り上げ犯人捜しをはじめた。古書店や古物商を次々訪れ、売られた本がないか捜した。たまきがあまりにもしつこく疑い、暴言まで吐くので、警察沙汰《ざた》になったことさえあった。しかし御倉館から持ち出された本は見つからなかった。

誰も彼もがたまきを恐れ、気味悪がり、関わり合いにならないように避けた。たまきは御倉館を閉じたが、この状況で本を読みに来ようとする者はいなかったし、館周辺の道からはひとけは消え、あゆむやたまきの弟妹といった御倉の人間は、買い物に出るだけでも町民から避けられるようになってしまった。あゆむは神主や叔父叔母《おじおば》とともに、たまき台風が通り過ぎたところに頭を下げ謝罪して回り、どうにか町に留《とど》まることを許された。

あゆむは学校を休んだ。怒り続けるたまきのそばにいたくはなかったが、同級生たちの冷たい視線にも耐えられず、毎朝河原に行って川面《かわも》を眺め、スケッチブックやノートに鉛筆を走らせて、空想の世界に逃げながら一日を過ごした。

警察の捜査の結果も芳しくなく、事件は何ひとつ解決せずに二ヶ月が経った。たまきは相変わらず毎日のように外へ出て、犯人の所在と本の行方を捜し続けていたので、町民たちはたまきに本の霊でも取り憑《つ》いたかと噂した。

その日、たまきは裏手の読長神社へ出かけた。もう何度目かの詰問を繰り返すために。老いた神主は嘉市の知己で、「疳の虫」持ちのたまきのことを幼少の頃から知っている。変わらず静まらぬ怒りを迸《ほとばし》らせてやって来たたまきを「だから知らんと言っている。いい加減、正気に戻りなさい」といなし、阻もうとする手をするりと躱《かわ》して、社務所へ戻っていく。

たまきは誰もいない境内にひとり残り、肩で荒く息をした。正気に戻れだと？　神主の言葉を、歯ぎしりしながら思い返す。正気じゃないのはどちらの方だ。二百冊あまりの大切な本が失われたというのに、平静でいろと強要するやつらの方がよっぽどおかしい。

憤怒《ふんぬ》の熱で目の前の景色は揺らぎ、喉《のど》がからからに渇いた。蟬の声は夏の終わりに焦るかのようにけたたましく響く。

強い風が吹いて、たまきのもつれた髪がさらに乱れ、境内を囲う木々が梢《こずえ》を震わせたその時、何かの気配が背後に立った。咄嗟《とっさ》に振り返ると、それは黒々とした影だった。人よりもはるかに大きい——社務所の横にある松の神木よりも太く、背が高かった。輪郭は炎のようにちりちりとして、頭の部分には二つの耳が生えているように見える。影が現れると同時に、うるさかった蟬の声がぴたりと止み、あたりは静寂に包まれた。青空に流れていた雲さえも静止している。

たまきは影を仰ぎ見、一歩後退《あとじさ》ったが、ひるみはしなかった。鋭い目つきで睨《にら》みつけると、うっすらと不敵に笑う。

「……やれやれ、時間まで止めたのか？」

影は体を膨らませ更に大きくなる。そして勢いよく両手を広げ、たまきに襲いかかるように覆い被《かぶ》さってきた。しかしたまきは動じず、ふんと鼻を鳴らす。

「息子から聞いたよ、あんたが最近噂になっている黒い影というやつか。なかなかたいそうな力を持っているようだけど、それで私を脅せると思っているなら、ずいぶんと見くびられたものだね。私に怖いものなどない。試してみるかい？　……化け物め」

その言葉に挑発されたのか影は一気に広がった。あっという間に空が暗くなり、たまきのまわりを虚無が取り囲んだ。草履の下まで黒々として、夜の水たまりのように波紋が立つ。

――己《おれ》は化け物ではない。

姿は見えないが、地の底から響くような低い声が聞こえた。

「……ならば、何者？」

――当然ながら、神だ。

するとたまきは堪《こら》えきれない様子で吹き出した。楽しくて笑ったのではない、相手を嘲《あざわら》った笑いだった。

「神だって？　そんなご大層なもんじゃないだろう、あんたは。せいぜい化け物か、胡散《うさん》臭《くさ》い〝何か〟といったところだ」

たまきの無礼さに怒っているのか、はたまた図星を指されて動揺しているのか、闇がぶるぶると震えるのが草履の底から伝わってくる。

――不敬だ。己は神だ。この社に住まう神だ。侮るなら容赦せぬぞ！

「神様が一庶民を閉じ込めてどうするおつもりなのかねえ？」

――お前を食う。不敬な人間は食う！

「頭からぼりぼり齧《かじ》って食べるのかい？　やっぱり化け物じゃないか」

――神も贄《にえ》を食う！

「私は贄じゃないよ。盗まれた本を捜しているただの人だ。贄とそうでない人間の区別もつかないんじゃ、神としては半人前だね」

ふいに、闇の中に細い三日月のような白く鋭い光が四本現れ、中央に赤黒い虚《うろ》が見えた。たまきはすぐに、それは神を名乗る〝何か〟の巨大な口だとわかった。癇癪《かんしゃく》を起こして、こちらのことを丸ごと呑《の》み込むつもりなのだろう。しかし身に迫る危機を理解していながら、たまきは眉《まゆ》ひとつ動かさなかった。戸惑ったのは〝何か〟の方だった。

――なぜ恐れない？

「恐れてほしいのかい？　無言のまま食われる方がうるさくなくていいと思うけどね」

――よくない。悲鳴も命乞いも己にとっては旨味《うまみ》だ。叫べ。その方が旨い。

「叫ばないよ。私にはやることがあるから。食うならさっさと食って、魂だけでいいから外に出しておくれ。私はうちから本を盗んだ犯人を見つけなくてはならない」

――本？　本って何だ？

あまりの間抜けな返答に、たまきは再び吹き出した。

「この社の神を名乗っておいて本を知らないとは！　ここに居座るつもりなら覚えておきな、一応本を祀《まつ》るという建前の神社だから。まあそもそも本の神なんてものはいやしないんだが……本は近代の産物だからね。本の神なんてただの町興しさ」

闇の中にぽかりと開いた口は更に大きくなって迫り、牙《きば》がたまきの頭に軽く刺さった。すぐそばに赤黒くぬらぬらとした太い舌がある。生温かい吐息がたまきの頬を撫《な》でた。

――貴様は生かしておけない。己が神ではないと見破った。そうとも、己は神じゃない、しかしもっと高位のものだ。偽の神を祀る隙だらけの神社で人を食う。邪魔になるから貴様も食べる。

たまきはまた笑いそうになったが、いたずらにからかいすぎて〝何か〟を憤らせるのも面倒だった。小さくため息をつくと、見合いの時に使ったきりのよそいきの微笑みを浮かべ、〝何か〟をなだめにかかった。

「知らないことは恥じゃないよ。しかし、ここで神のふりをして人間を食いたいなら、本について少し学んだ方がいい。私が教えてやる」

闇の中に、蠟燭《ろうそく》のような火がいくつも灯《とも》り、正座したたまきのまわりを取り囲む。本に興味を示した〝何か〟が、「蠟燭でも灯そうか」と提案するたまきのために出現させたものだ。

「面白いね。あんたは物を具現化させることができるんだ」

――然《しか》り。己は何でも具現化できる。夢想でも理想でもこの世に顕現できる。それが己の力だ。

たまきはゆるりと頷《うなず》くと、まず本の形の説明をした。数十枚から数百枚の紙を綴《と》じ、表紙、裏表紙、背で囲い――〝何か〟は何度か間違えつつも、最終的には本の形になったものをいくつも出した。

そのうちの一冊を宙に浮かせ、〝何か〟はぱらぱらとページをめくった。しかし不満げな声を漏らす。

――何だこれは。紙を綴じて眺めて、意味があるとは思えん。

「そりゃ中身が書いていない白紙だからだよ。本来ならそこに文章が書かれている」

たまきは人差し指で白紙のページをなぞった。

「要するに本とは、無数の言葉を書いてまとめ、読むためのものなんだ。物語、詩、学術、日記、哲学、それらが書かれた本には、数千から数十万の文字が記されている。それもただの文字ではない。読むことによって世界は広がり、あり得ないものが見え、遠くへ旅し、一度の人生では経験し得ない物語を味わえる。見た目はこんなに薄っぺらい代物なのにね。本は圧縮された小宇宙なのさ」

顔は乾ききった砂漠のように無表情のままだったが、口調は熱を帯び、眼にはまっすぐな光がある。

――なるほど。己にはよくわからんが、貴様は本が好きなのだな。

「もはや好悪じゃない。人間の命より重い存在だと思っているよ。特に物語はね」

――そんなにすごいものなら、一度本物を見せてくれんか。読んでみたい。

〝何か〟はどこか弾むような声で言ったが、たまきはすげなく一蹴《いっしゅう》する。

「私の本は貸さないよ」

——何だと？

「あんただからじゃない。誰にでもだ。金輪際、御倉の本は誰にも読ませない」

静かだが怒りに満ちた声色に、〝何か〟は興味を引かれた様子で、続きを促した。御倉館で起きた二百冊の紛失のことは今更隠す必要もなしと、たまきはこれまでの事情を話した。今にはじまった話ではなく、本を盗もうとする者はこれまでも何人かいて、その都度、町の内外の古書商をまわって取り返してきたこと、もはや人間は誰一人、息子でさえも信用していないことを説明した。

「すべての本はそれぞれに億の価値を秘めている。時に知識を教え、時に世界を作る。特に物語は、ひとつの話でもうひとつの地球を生むほどの力がある。物語につけられた心の傷は一生癒《い》えないし、読書の思い出は誰とも共有できない、大切な宝だ。私がその一冊をどれだけ愛《いと》おしく思っているか」

たまきは、広い御倉館の書庫を埋め尽くす大量の本を思った。「疳の虫」を腹に持ち、誰とも気が合わず、孤独であり続けるたまきにとって、唯一無二の信じられるもの、それが本だった。

「愚かな人間どもはその価値もわからず、汚し、奪い、捨て、自分勝手に消費する。もうまかりならん。少なくとも私はもう二度と、御倉家の本を他人に渡さない。しかし私が拒絶しようと、人間どもは性懲りもせずまた本を奪って行くだろう」

——もし泥棒を見つけたら？

「地獄の果てまで追い詰める」

話をする間、たまきの全身の毛穴から怒りが放出され、闇に浮かぶ輪郭は陽炎《かげろう》のように揺らいでいた。

——貴様は、もはや人ではない者にさえ見える。

「鬼になれるのなら成るさ」

たまきの輪郭を揺らしていた陽炎が、〝何か〟によって具現化される闇の中で形を成し、般若《はんにゃ》の面に似た鬼の顔が浮かび上がって消えた。

——珍奇なやつだ。しかし、鬼に成りたがるほど情念を燃やす本なるもの、物語なるものとはどのようなものか、やはり知りたくなるな。物語とやらがもし己の心を動かすことができたら、力を貸してやらんでもない。

たまきは胡乱《うろん》な目つきで〝何か〟の赤黒い口を睨んだ。

「半人前のあんたに何が出来る？」

——生意気も度が過ぎると命取りになるぞ、人間。それとも結局こけおどしか？　物語とやらは己の心を動かすことはできないと、怯《ひる》んでいるんだな？

「そんなわけあるか。言っただろ、うちの本は貸せない――」

――貴様の本でなくても良い。何かないのか、すぐに己に話すことのできる物語は？

物語は本という形態でないといけないのか？

「……いや」たまきは目を瞬《しばたた》き、着物の袖《そで》をまくって腕組みをした。「物語は柔軟だ。小説、漫画、映画、アニメーション、あらゆる媒体が使う。民話や口承文学というのもあるし、話すだけでも物語は存在できる。しかし語ると口が疲れるからな、短いものにはなるが」

――ならばそれを聞かせろ。己が夢中になったら貴様の勝ちだが、少しでも退屈だったら、すぐに貴様を食う。

たまきの身の丈ほどもある赤黒い舌が、べろりと牙を舐め回す。たまきは立ち上がり、

「いいだろう」と言って不敵に微笑んだ。

「人ならざる者にも心があるのなら、動かしてみせよう。私が勝ったら、あんたの力を貸してもらう」

闇の中に灯っていた蠟燭の火が、たまきの前に浮かぶ一本を残して、少しずつ弱くなる。残った一本だけは強く、明るく燃え、たまきのたるんだ頬や口元を照らした。

「私は物語創作者ではない。物語を愛好することと物語を作り出すことは似て非なるもの

だからだ。それでもあんたを退屈させないくらいのものは話せるだろう——言っておくが、子ども向けの寝物語は話せないぞ。甘く優しい話は苦手なのでね」

蠟燭の火がぶわりと膨らみ、巨大な火の玉を作ったかと思うと、破裂して火の粉が舞い散り、あたりが白んだ。


「〝誘拐〟を知ってるか？　まあ、今まさに私を闇に閉じ込めているあんたには、想像しやすいかもしれないな。

ひとりの青年がいた。これまで、両親から愛され友達にも恵まれ、取り立てて特技はないがそこそこ勉学はでき、めざましい成功はないがさほど不幸な目にあったこともない、幸福な青年だ。しかし残念なことに人生には、ほんの一瞬で底なし沼に落ちる、急転直下の罠《わな》が仕掛けられている」

白っぽい空間に平凡な容姿の青年が現れた。たまきが語ったように動き、両親や友人たちに取り囲まれて笑みを浮かべていたが、ふいに彼らは消え、ひとりになった主人公に影が落ちる。

「青年はトランプゲームが好きだった。大学が終わって夜になると町外れのプールバーに行き、ビリヤードの立てる音を聞きながら、見知らぬ客とポーカーやブラックジャックに興じた。ある晩、いつものようにトランプゲームに熱中していた青年は、便所に立とうとしてよろめいた。酒を飲み過ぎたのかもしれない。同席の太った男がよく勧めてくるので、ついついたくさん飲んでしまった。しかしそばにあったテーブルに手をついて体勢を整えようとした瞬間、青年の意識は暗転、気を失ってしまった」

青年が床に倒れ込み、まわりの客たちが騒然とする。テーブルの上には散らばったトランプがひと組残されていた。

「目を覚ました青年は、あまりにもいつもと違う光景に驚き、大声を張り上げた。冷たくじめじめした部屋にいて、明かりは裸電球がひとつ灯っているのみ、腕を伸ばすと指先がすぐコンクリート壁に触れるほど狭かった。足が重い。よく見ると足首には鉄輪がはめられ、鎖で繋《つな》がれていた」

悲鳴を上げながら、青年は足かせを外そうともがき、床の上を転げ回った。足かせは外れず、半狂乱になって拳《こぶし》を振り壁を叩《たた》く。

「こんな状況に陥る理由は皆目見当がつかず、自分は誘拐されたのだと納得するまで半日以上かかったが、青年はどうにか気持ちを整理した。青年を誘拐したのは、やたらと酒を勧めてきた同席の太った男だった。様子を見に来た男に、なぜ自分を監禁するのか、怒り、泣き、絶望しながら問い詰めたが、男は答えない。

食事と水、便所用のおまるの世話は、白髪の老婆がやった。男の母親だというが、この小さな身体からあの大柄な男が産まれるとはにわかに信じがたいほど、痩せていて、背が低かった。

監禁された部屋は暗く、寒く、じめじめしていて黴臭《かびくさ》く、青年はすぐに風邪を引いた。男の母親は甲斐甲斐《かいがい》しく青年の看病をし、薬を与え、寝苦しそうに唸《うな》る時は夜通しそばに居続けさえもした。青年が『外に逃がしてほしい』と訴えると、悲しそうな顔で『私の息子がごめんなさいね』と謝り、『罪滅ぼしに、できるだけのことはするわ』と言った。

実際、男の母親は青年の味方をしている様子だった。こっそり甘いケーキを差し入れ、男が来る時間を前もって教え、青年が足のだるさを訴えれば、むくんだ足のマッサージまでした。青年は男の母親に親近感を抱き、この人も自分と同じく、あの太った男に囚《とら》われて従わざるを得ない状況にあるのだと思うようになった。

どうして自分を助けてくれるのかと訊《たず》ねると、男の母親は『あなたのお世話をしていると、あの子が真っ直ぐ育っていたらこうだったのかなと思えるの。もうひとりの息子のようなものよ』と答えた。

監禁の時間は長かった。今は昼なのか夜なのか、何時間眠ったのかもわからなかったし、太った男は唐突に罵声《ばせい》を浴びせかけてきたり、暴力を振るったり、あるいは猫なで声で優しさを見せたりした。青年は完全に混乱し、男に対して従順になり、反抗する気も逃げ出す気も失せてしまった。

　ある日、青年は男に連れられて、コンクリート壁の部屋を出ると、隣の部屋に移された。そこは質素ではあるが普通といえる部屋で、床はカーペット敷きで壁紙も貼られ、真ん中には机が一台と椅子が二脚、そしてひとりがけの柔らかそうなソファが置かれていた。男の母親はすでにいて、部屋の角に気をつけをして立っている。

　男は青年の足かせの鎖を壁のフックに繋げて錠をかけると、椅子に座るよう命じた。青年は大人しく従い、椅子に腰掛け、机を挟んで向かいには男が座って対面になるのだろうと思った。しかしそうはならなかった。男はソファにどっかりと座り、代わりに青年の対面にやってきたのは男の母親だった。母親はエプロンのポケットから、ひと組のトランプを出して机の上に置いた。男が低い声で言う。

『お前の生死は今日ここで決まる。今からこいつとババ抜きをしろ。一度でもジョーカーを引いたらお前の負け、その場で殺す』

　太った男が、りんごを片手で潰《つぶ》せそうなほど大きな手で、頭を潰すふりをすると、青年の顔は青ざめ、毛穴という毛穴から冷や汗が噴き出し、歯の根が合わずにガチガチ鳴った。逃げられるものなら逃げたかったが、足かせは外せそうもなく、反抗心の芽もすでに摘まれている。青年は従順になりすぎて粉々になった心で、命じられたとおりにババ抜きをはじめた。

普通のババ抜きは、ジョーカーを一枚入れたトランプを人数分に分けて手札にし、互いのカードを一枚ずつ引き合い、同じ数字があれば場に捨て、ジョーカー、ババが手札の最後の一枚になったら持っている者の負け、というルールだ。つまりジョーカーは何度も人の手に渡るのが自然である。しかし男が命じたルールは、一度たりともジョーカーを引いてはならないと改変されてしまった。男はにやつきながら、ジョーカーを一枚、母親の手札に入れた。

手札からあらかじめ同じ数字のカードを抜いて捨て、青年は渇いた喉に唾を飲み込んだ。男の母親が差し出した手札を、青年は震える指で引く。きっとすぐにジョーカーを引き当ててしまい、殺されると思っていた。しかし簡単にはそうならなかった。なぜなら、男の母親がこっそりと目配せをくれるからである。

青年の指先があるカードに触れると、男の母親は眉間《みけん》にかすかにしわを寄せ、瞬《まばた》きをし、視線で別のカードを示してきた。青年がそれにつられて別のカードを引くと、それはジョーカーではなく普通のカードである。彼女の方を見れば、男にばれないようにうっすら微笑んでいる。もし男の母親を信じずにあのカードを引いていたら、今頃男に頭を潰されていたに違いない。心臓が早鐘を打つのを感じながら、青年はババ抜きの相手が男の母親で本当に良かったと安堵《あんど》の息をついた。

　そうやって男の母親の合図に従いながらゲームを続け、ついに青年の手札は一枚、男の母親の手札は二枚になった。青年が最後の一枚を引けばゲームは終わる。青年は男の母親の表情を見た。その時、太った男が『待て』と遮った。

『母が工作してお前にジョーカーの在処《ありか》を教えていたのはわかっている。こいつは優しいからな。俺がこれ以上人殺しをしないようにと気遣ってくれているんだ』

　太った男は立ち上がり、母親のそばにぴたりとついて肩に手を回した。

『しかし俺は、母さんは次こそ工作をしないと信じている。俺にとって監禁と人殺しは数少ない人生の愉《たの》しみだと、母さんが一番わかっているものな』

　母親は息子の手に自分の手を重ね、微笑む――その微笑みは、息子に支配されて疲れているようにも見えたし、息子を愛する母親らしい表情にも見えた。

『邪魔をしたな。さあ、ゲームを続けてくれ。確率は二分の一だ。どちらが出ても恨みっこなしだぞ』

　そう言って太った男は笑い、一歩後じさりし、母親の後ろに立った。母親の表情は息子から見えず、青年にしかわからない。

母親は残った二枚のカードを目の前に掲げると、青年と目を合わせ、瞬きをし、視線を一方のカードに向けた。そして微笑む。

青年は喘《あえ》ぎながら、脂汗の滲《にじ》み出たびしょびしょの手で、男の母親が視線で示したカードを抜いた。

さて、青年が引いたカードは普通のカードだったか、それともジョーカーだったか？」

たまきがふうと息を吐くと、背景も登場人物たちの姿もシャボン玉のようにパチンと弾《はじ》けて消え、白かったあたりはもとの暗い闇に戻った。驚いたのは〝何か〟だった。

――ちょっと待て、これで話は終わりか？

「そうだよ。これでおしまいだ」

――ふざけるな！　こんな中途半端で終わりだなんて、どういうつもりだ！　続きがあるはずだ、聞かせろ！

〝何か〟が地団駄を踏んでいるのか、闇が上下にぽんぽんと弾む。たまきはにやりと笑った。

「あんたはどっちだと思う？　普通のカードか、ジョーカーか？」

――それがわからんから続きを聞きたいのだ。だって、この男の母親は青年を救いそうだが、今度こそ騙《だま》す気もする。何しろ息子にはばれていたわけだしな。しかし息子は後ろにいるし、表情を読まれないと考えて青年を助けてくれる可能性もある。青年をもうひとりの息子だと言っていたし、息子をこれ以上人殺しにしたくないと思っているようだから。しかしどうしても答えが出ない様子で、〝何か〟は唸った。

——わからん。どちらもあり得る。

「そうだね。どっちもあり得そうだ」たまきは結い上げた髪に指をつっこんで後頭部を掻《か》いた。「しかしどちらが正解か、本当に聞きたいかい？」

——当然だろう。

「正解を聞いたらつまらないと思うかもしれないよ」

——それは聞いてから判断する。いいから話せ、気になって仕方がない。

「わかった。じゃあ続きを話してやろう」

たまきがふうと息を吐くと、再びあたりが白くなり、蠟燭のほむらが燃え立った。

「太った男に誘拐された哀れな青年には両親がいた。青年がいつまで経っても帰ってこないので、夫妻は警察に届け出、毎日毎日、はらはらと心配の涙を流して過ごした。あまりにも心労が重なり、ひと月を過ぎた頃、妻が体調を崩した。しばらく寝床に横たわって養生したが、なかなか回復しない。夫の勧めもあり、妻は近くの病院へ行って診察してもらった。すると『うちよりも大きな病院に行った方がいい』と医師は言い、結局妻は、町で一番大きな病院へ向かった。
病院には名医がいて、妻の病気をすぐに見抜くと、入院の手続きをするように伝えた。『大した病ではありません。よくある病ですし、治療は100パーセント成功します。私はこの病の専門家で、これまでに千人は治していますよ。いや、これは水増ししすぎだな』
名医の朗らかさに妻は安堵したが、名医は続けてこう言った。『ただ、ちょっと特殊な治療になります。詳しい説明は入院の当日にしますので』
ひとまず気持ちが軽くなった妻は、自宅で待っていた夫にその話をした。すると、元々せっかちで心配性の夫は、妻が眠っている隙に病院へ行って、自分にも心構えがいるから、どのような治療をするのか教えて欲しいと、名医に訴えた。
夕方、睡眠から目を覚ました妻は、夫が家の中にいないので捜し回った。夫は息子と違ってすぐに見つかった——家の庭の隅、雑草が生い茂るじめじめしたところで、呆然《ぼうぜん》と立ち尽くしていたのである。
『どうしたの?』妻が声をかけると夫は振り返ったが、その顔はひどく青ざめ、唇は震えている。

『君の――』

『私の？』

『……君の病の治療法だが……』

しかしそう言ったきり、夫は口を噤《つぐ》んでしまった。翌朝目を覚ますと、夫は普段どおりだったが、治療法について何を聞いたのかと問うと、やはり口を真一文字に結んで黙ってしまう。

よほどひどい治療法なのだろうかと妻は思い、病院への不信感を募らせ『病院を変えた方がいい？』と問うたが、夫は勢いよく首を横に振る。

『いや、そうじゃない。今の先生はいい先生だよ。あの人にお願いできれば安心だ』

夫は気を取り直した様子で晩飯の支度に取りかかったが、病の話題になると途端に顔が蒼白《そうはく》になるのは変わらなかった。

翌日、妻は再び病院に行き、治療法の説明を求めようとした。しかし名医は長めの休みを取っており、妻の入院日まで病院に来ないという。

不安に駆られた妻は別の病院に駆け込み、医師の判断を仰ごうとした。その医師はにこにことして機嫌が良さそうだったが、妻が病の治療法について知りたいと尋ねると、突然顔を茹《ゆ》でダコほども赤くして怒りだした。そしてろくに診もせず、『あの名医に治療してもらえるならそうしてくれ！』と言うなり、妻を診察室から追い出してドアを閉めた。妻は唖然《あぜん》とした。

他の病院も試してみたが、怒るか、怖がられるか、泣いて同情されるかのいずれかで、具体的な治療法は教えてもらえなかった。書店や図書館で医学事典を引いてみれば、その病の項目はあったが、なぜか治療法に限って記載がない。他の病や怪我は治療法がこれでもかと書いてあるのにもかかわらず。

いったいどんな治療をするのか、誰もが口を噤むほどひどい治療法なのか。妻の心に心配ばかりが積み重なっていく。

そうこうしているうちに、入院日になってしまった。

てっきり夫も病院についてくるものと思っていたが、妻が支度をはじめると、急に腹痛を訴えて便所から出てこなくなった。仕方なく妻は大荷物を抱えて、ひとり病院へと向かった。病院に着き、受付で入院の旨を伝える。受付の女性ははじめ朗らかに応対していたが、妻が名医の名前を出すと、とたんに愛想が悪くなり、妻を無視して次の患者を呼んだ。『いったい何だって言うんです、みんな揃いも揃って』苛立ちが頂点に達した妻は、子どものように地団駄を踏んで大声を張り上げた。『そんなにひどい治療をされるなら、入院なんてしませんわ。ええ、断固拒否しますわ』

一騒動になんだなんだと野次馬がやって来て、妻のまわりにはあっという間に人だかりが出来た。その中にはワックスのバケツを持った清掃人もいた。

受付の女性が汗と恥じらいで顔を赤くしながら、例の名医を呼ぶと、間もなく名医が現れた。

『大丈夫です、大丈夫です、私が来ましたからね。もう安心です』

そう言いながら名医は駆けて来た。しかしもうすぐ妻のそばに着くという段になって、つるりと足を滑らせた。清掃人のバケツからワックスがわずかに滴っており、床に落ちた数滴に足を取られたのだ。

名医は勢いよく後ろに倒れ、頭を強く打ちつけた。嫌な音がし、みるみるうちに血だまりが広がっていく。名医は全身を痙攣《けいれん》させながら白目をむいて喘いだ。妻は慌てて名医のもとへ駆け寄り、『しっかりして下さい！』と呼びかけたが、すでに手の施しようがない。しゃくりあげるような息をひとつし、最後に大きく身体を震わせると、そのまま事切れた。

妻はよろめきながら後じさり、『治療はどうなるの』と呟《つぶや》いた。『私の病の治療法は、誰に訊いたらいいの』

誰も妻の言うことなど聞いていない。死んだ名医は運び出され、野次馬はいなくなった」

たまきは咳払《せきばら》いをひとつして、「おしまい」と言った。怒鳴ったのは〝何か〟だ。

——何が「おしまい」だ！　また結末がないまま終わらせるつもりか！

〝何か〟の口は闇の中を苛立たしげに右往左往し、赤黒い舌を何度も鳴らして不満をあらわにした。

——いったいどんな治療法だったというんだ？　まったく想像がつかん。

「ずいぶん怒っているようだね」

——当たり前だ！　そもそも最初の話の続きを教えるはずが、これはまるきり違う話ではないか！　それどころか謎が増えてしまった！

〝何か〟の巨大な口からどんどん唾《つば》が飛び出し、たまきのまわりにべちゃべちゃと水たまりを作ったが、たまきは動じない。

「だが退屈しなかっただろ？」

——そういう問題じゃない！　そもそも貴様の話は卑怯《ひきょう》ではないか！

「卑怯？　どこが」

——結末を思いつけなかったんだろう？　誰もが語るのを嫌がるような謎めいた治療法を思いつけなかったから、貴様は結末を濁して曖昧《あいまい》なままにさせているんだ！　どうだ、図星だろう！

〝何か〟はたまきに詰め寄りあざ笑うように口の端を引きつらせた。

——そうだ、お前は面白い結末を、謎めいた治療法の正体を思いつけなかったから、言わないだけなのだ！

しかしたまきはむしろ、愛《う》い者を見るかのような慈愛の目で、〝何か〟を見つめた。それは一人息子のあゆむにさえ滅多に向けない眼差《まなざ》しだった。

「いい着眼点だ。だがそれこそが〝リドル・ストーリー〟の要《かなめ》なんだよ」

——どういう意味だ。

「今、私が話したふたつの物語はね、〝リドル・ストーリー〟と言うんだ。結末を敢《あ》えて教えず、読者に解答を委《ゆだ》ねるタイプの物語のジャンルなんだよ。有名なものだと、ストックトンという昔の作家が書いた『女か虎か』や、モフェットの『謎のカード』がある。ちなみにさっきの話はどちらもこのふたつをそれぞれ骨組みに作った。続きを話すと見せかけて違う謎に引き込んでしまうのも、『女か虎か』の続編『三日月刀の促進士』を踏襲したものだ」

——つまり貴様は、結末を教えないことが正当だと言うのか？

「そうだよ」

——何が正当だ！　腹が立つだけだ！　結末を言わずに逃げているだけだろう！

「つまりあんたは続きが気になっているんだよ。あんたはまんまと〝リドル・ストーリー〟の罠にかかった。考えるだろ？　いったいどんな答えだったら、誰もが度肝を抜かれる話にできるかって。そして同時に、〝つまらなかったらどうしよう〟と思うはずだ。想像よりも陳腐な答えだったら、きっとがっかりするだろうとね」

——陳腐な答えを言うくらいなら、何も言わない方がマシだとでも？　それが貴様が愛してやまない物語とやらなのか？　だとしたら、物語は退屈だ。やはり貴様を食う。

「話をよく聞け、化け物。確かに人間の想像力には限界がある。誰もが驚嘆するような筋書きや謎の答えなど思いつけやしない。自然界や宇宙、フィクションより現実の方が驚きという点では優れている。人間はいつだって現実に震撼《しんかん》し、思いもしなかった事実に畏怖《いふ》を抱いてきた。でもね」

たまきの両目に光が宿り、まっすぐ闇を射竦《いすく》める。〝何か〟の口より、張り巡らされた闇よりももっと遠く、遥《はる》か彼方《かなた》を見つめているようだった。

「時々起こるんだ。すさまじいエネルギーを持つ想像力の一閃《いっせん》が、現実の鎖を切り裂き、とんでもない未知へと連れて行ってくれることがね。残念ながら滅多にない。だから〝リドル・ストーリー〟はいいのさ。この先にもしかしたら、奇跡のような一閃があるかもしれないと思えるから」

蠟燭の炎が再び灯る。〝何か〟が操作したわけではないのか、〝何か〟自身が怯み、口の背後の暗闇にうっすらと姿が見えはじめた。たまきの身体から湯気のように気が立ち上り、幻影を映し出した。それはたき火を囲む人々のシルエットだった。

「原始の時代、ろくに明かりはなく、科学もなかった頃、人類は闇の中に潜む何者かに思いを馳《は》せた。なぜ太陽は毎朝昇り、必ず沈んでいくのか、あの星々はどこで輝いているのか、この地の果てには何があるのか――そうやって様々な伝承や神話が生まれてきた。心もそうだ。なぜあの人はこのような行動に出たのか、なぜ私はこのような感情を抱いてしまったのか、なぜ人生はこれほどつらいのか。内面的な宇宙も物語になる。

明かりが夜を煌々《こうこう》と照らし、科学が発展して〝不思議〟が絶滅危惧種《きぐしゅ》になった現代に至っても、物語は作られ続けている。これからますます増えるだろう。人間とはすべてを理解してもなお、未知を求めずにはいられない生き物なのさ」

たまきが手をかざすと、一冊の本が生まれた。ページは白紙だったが、たまきが指を這《は》わせると、そのそばから文字が連なっていく。

「〝リドル・ストーリー〟は、その〝未知〟のエッセンスを凝縮したものだ。謎がすっきりと明かされる切れ味鋭い巧みな手腕はもちろん面白いが、がっかりしてしまう場合もある。その点、答えが出ない、明らかにされない謎は楽しいものだ。答えがない分、どれほど想像を逞《たくま》しくしても、きっとそれを上回ると期待し続けられる。永遠に溶けない飴《あめ》のように謎をいつまでも転がしていられる」

たまきは本に指を這わせ終わると、ぱたんと表紙を閉じ、〝何か〟に向けて差し出した。

「ここに、さっき話したふたつの物語を書いておいた。本というのはね、こうして物語を保存しておいて、いつでも開くことができる、非常に優秀な発明品なんだ。あんたも好きな時に読み返して、飴玉を転がすといい」

すると、うっすら見えていた白っぽい影が濃くなっていき、尖《とが》った耳に犬のような身体、太い尻尾《しっぽ》を持つ獣の姿が現れた。それは狐だった。とはいえたまきの身丈の倍はある。狐は少し躊躇《ためら》った後、首を突き出して本を咥《くわ》えたが、どうしたらいいのか戸惑っている様子だった。たまきはかすかに微笑む。

「具現化の能力を使って、本棚でも拵《こしら》えるんだね」

本棚を知らない狐にたまきが形状を教えてやると、たちまち闇の中に素朴な形の一台の本棚が現れた。狐は一番上の棚に本を置き、一歩下がって、満足げに鼻息を吹いた。狐の心情を反映してか、本は金粉をまぶしたようにきらきらと輝いた。

――こうしてみると、なかなか良いものだな！

「……宝物みたいに見えるだろう？」

狐が振り返ると、たまきは本棚ではなく、もっと遠くの、いつか見た景色を懐かしんでいるような目つきをしている。

——貴様の家から本を盗んだ者は、物語の続きが気になったのだろうか。それとも、物語が欲しかったのだろうか。

「さあね。金になるから盗む奴もいる。問題は本を持ち出したこと、盗みだ。動機なんてどうだっていい。一冊たりとも、私は絶対に許さない」

——財産はひとつ残らず、か。相分かった。

狐はそう言うなり大きく両手を広げ、たまきに覆い被さると、腕の中に閉じ込めた。あたりを取り囲んでいた闇は急速に縮小し、強い風が吹いた。たまきは思わず目をつぶる。ごうごうと鳴る風の音に目を開け、顔を上げてみると、たまきは狐に抱きかかえられたまま空に浮かんでいた。眼下には、夕暮れの黄金を映す読長の町が広がっている。たまきが息を呑んで身じろぎした拍子に片方の草履が脱げ、落下した。幸いそこは神社の広い境内で人も動物もいなかったが、たまきは心配する素振りも見せない。

狐は低い声で言う。

——己を退屈させない物語を話せたら力を貸すと言ったな。

「……そうだったね。忘れていたよ」

——図太い女だ……己にはもうひとつ力がある。この力は、貴様と利害が一致するかもしれん。

狐の力とは、指定した人物や物体をマーキングできる、というものだった。目当ての人間に印をつけることで跡を追い、狩りをしやすくするためについた力だと言う。

――たとえば貴様の家から本が盗まれたとする。己の力で盗人《ぬすっと》に印をつければ捕まえやすくなるだろう。

たまきを片手に抱え、もう一方の手で読長の町の上に円を描いてみせる。

――一定時間であればこの読長の町全体にあの闇を結界として張り、盗人を外へ出られないようにすることもできる。その間は町民も同様に外へ出られなくはなるが。

二本の太い川で囲まれた、中州のような町。犯人を捕まえられず、特定すらできなかったたまきだが、高い空から見下ろせば小さな町だ。あの二百冊の行方と犯人を見つけるのはもう難しいだろうが、新たな盗難に関しては、この中に人々を閉じ込め、犯人に印を付ければ、捕まえられるに違いない。

「なるほど、防犯装置のようなものか。それは確かに使えるな」

たまきは怒れる人間だ。その憤怒の焔《ほのお》は誰にも消せない――つまりたまき自身にも消すことはできなかった。人々を身勝手に拘束し、私的に捕《とら》えるという倫理にもとった行為であろうと、泥棒を捕まえ、本を取り戻せることに比べれば、倫理など犬に食わせろと思った。

「人々などどうでもいい。助けてもらおう、珍奇な物の怪《け》よ」

――いいだろう。ならば、決まりだ。

狐は自分の毛を引き抜き、ふっと息を吹きかけた。すると、奇妙な形状の朱印が捺《お》された巻物に変わった。

――契約の条件はふたつ。己は貴様に、具現化と印の力、ふたつの力を貸すからな。

「わかった」

――ひとつは、人間を食わせろ。この町の人間をすべて食いたい。

しかし町民はもとより人間そのものに興味がないたまきは、肩をすくめて「知らん」と言った。

「食いたいなら勝手に食えばいい。そもそも私の許可を取る必要なんかないだろ」

――勝手に食えたらいいが、ところがそうもいかんのだ。考えてもみろ、己のようなものが好きに人間を食えたら、すでに人類は滅びているぞ。

「まあ、それもそうだ」

――食うには条件があるのだ。血は地に、地は血に。人間が地に線を引いて町と名付ければ、それが自らを縛る呪いになり、住まう者たちと因果を結ぶ。人でないものから身を守るための手段だな。己のようなものたちは、そういった人間の縛りに強く影響される。町が守られている限り、その中にいる人間に己は手出しができない。しかし誰かが己と契約をして条件を満たせば、縛りは綻《ほころ》び、己は町の人間を食える。

「つまり私に、町民を売れというのか？　なぜ私に？　権力など持っていないぞ」

――立場や位は関係ない。己と契約してくれる者なら誰でもいい。とりわけ、町の人間を憎んでいて食われてもいいと思っているやつなら尚更《なおさら》。

「なるほどね。いいよ、売ってやる。ただし騒ぎになると面倒だ。そうだな……泥棒を追うのは私の血族、御倉の人間とする。その御倉の人間が、時間内に泥棒を捕まえられないか、盗まれた本を見つけられなかった場合、あんたは町の人間を食っていい。これでどうだ？」

――己と貴様の勝負ということだな？　まあ、良いだろう。勝敗が決まるまで、神社に来る人間どもの祈りでも食うことにする。腹持ちは悪いが。

たまきの提案を狐が了承すると、巻物にそのとおりの契約文が、手も筆もないのにすらすらと記されていく。たまきはもう驚きもしない。

「ひとつは決まりだ。もうひとつの条件は？」

――本だ。

「本？」

――左様。己は物語をもっと読みたい。今度はその……りどる・すとーりーとかいうやつではなくな。あるんだろう？　結末がある話は。

「当たり前だろう。しかし、そうだな……うちの本は貸せない。それは譲れない。御倉の本は御倉の人間しか読んではならないから」

たまきは顎《あご》に片手をあてて考え込む。着物のたもとが風にはためく音を聞きながら、狐は返事を待った。

「……わかった。あんたに読ませるための本を作る」

――貴様が作るのか？　またりどる……

「私は作らないよ。でも、私が作るよりずっと面白いものが読めると約束する」

――よし。面白かったら、己はその物語を具現化しよう。泥棒が貴様の家から本を盗んだら、その物語の世界に迷い込ませてやる。

「本泥棒を〝物語の檻《おり》に閉じ込める〟ってわけか。いいね」

――契約成立だ。

巻物に契約文が書き込まれ、狐は自分の指先と、たまきの親指の先をわずかに爪で切り、血判を捺した。その瞬間、空気がかすかに震える気配がし、一斉に鳥たちが飛び立ち、羽音と鳴声でいっぱいになった。しかし町は何も変わらなかった。

「……〝この本を盗む者は〟」

たまきは静かに呟いた。

「なるほど、中世の〝ブック《本》・《の》カース《呪い》〟と同じだな」

真下の町並は夕焼けの茜色《あかねいろ》に染まり、家々や走る車の屋根がきらめき、いつもどおりの日々が過ぎている。商店街からは芳《かぐわ》しい夕食の匂いが漂ってくる。町の誰も彼も、上空で得体の知れない狐と、怒りを抱える女が結託し、自分たちにブック・カースをかけたとは、つゆほども思っていなかった。

狐は尻尾をぐるりと回し、真っ逆さまになると、神社の社へと急降下した。風に激しく煽《あお》られるたまきの耳に、狐の低い声が流れてくる。

――道案内役をひとりつける。呪いの詳しい決まり事はそいつから聞け。では遊戯を楽しもう、同胞よ。


目を覚ますと、たまきは境内の松の大樹の陰にいた。ずいぶん時間が経ったような気がしていたが、夕刻には変わりなかったし、神主が社務所から出てくるのを見て、狐との邂《かい》逅《こう》はほんの瞬く間の出来事だったのだと悟った。

腕の中に、温かいものがある。いつの間にかたまきは何かを腕に抱いていた。それを包んでいる絹とも更紗《さらさ》ともつかない不思議な布をめくると、たまきは驚きに目を瞠《みは》った。中にいたのは赤ん坊だった。人間の赤ん坊の姿形をしているが、泣きもせず、たまきをじっと見つめる大きな瞳《ひとみ》を見ていると、これは人ではない、とわかった。へそのすぐ上には、狐との契約の際に巻物にあった、奇妙な形の朱印が刻まれている。

「道案内役とはこの子のことか」

返事の代わりか、一陣の風が吹き、木の葉がくるくると舞う。

「……ありがとう。とびきりの物語を用意するよ」

たまきは赤ん坊を優しく布でくるみ、鳥居をくぐって家路についた。その口元は微笑んでいたが、抱えていた怒りを呪いによって晴らせる、恍惚《こうこつ》感ゆえの微笑みだった。果たして、たまきと狐——怪しげな〝何か〟との契約によって、読長町は御倉館のブック・カースで縛られた。

しかし物語はここで終わらない。この先の、ずっと先の未来、たまきの命が尽きた後の読長町で、ひとりの少女が不思議な相棒とともに、ブック・カースをかけられた町を駆け回ることになる。

その物語がどのような結末を迎えたか、怒りに駆られ町の人々を犠牲にしようとしたたまきの執念を、少女は終わらせることができたのかは、また別の本で語ることにしよう。

緑の子どもたち

植物で覆われたこの家は、熱い風が吹くたび葉っぱがいっせいにこすれ合って、ざわざわ、さらさらという音でいっぱいになる。壁も天井も穴だらけだけど、カイブの葉っぱが雨粒や強い日差しをふせいでくれて、住み心地はいい。あたしはここを「緑の家」と呼ぶ——だけど、他の連中はそう呼ばない。全員、使う言葉が違うから。

緑の家にはあたし以外に三人の子どもが住みついている。ひとりはあたしよりも背が高い男子で、真っ赤な髪を短く刈り、汚れたタンクトップを着て、腕を曲げると力こぶがにゅっと盛り上がる。ひとりは女子で、やっぱりあたしより背が高い。肌色はあたしと違って銀色で、太陽の光がまともにあたるときらきらして眩《まぶ》しかった。最後のひとりは男か女かわからない。こいつだけあたしよりもうんと背が低く、上下がつながった服のせいでまるで赤ん坊に見える。あたしは心の中でそれぞれを「赤」「銀」「チビ」と呼んでいた。

あたしたちは口をきかない。きいたところで意味がわからないし、知らない言葉が耳に入ると不安で、イライラする。それは他の三人も同じらしい。ひとつの部屋にいながら、全員が互いに存在を無視して、関わらないようにしている。コンクリートの床にチョークで線を引いて部屋を四つに分けたところが、めいめいのテリトリーだ。やつらを見なくてすむように、できるだけ壁の方を向いて、葉っぱがこすれる心地よい音だけを聞いて過ごす。もしこの家に二階があれば部屋が増えるのに、はじめから二階の床が抜けていて、顔を上げてみるともう、天井代わりの葉っぱの茂みだ。失われた二階への階段は途中で崩れ、どこへもつながらずに、部屋の真ん中に生えたきのこみたいだった。

自分のテリトリーの中ではそれぞれが好きなように過ごしている。赤は毎日筋肉を鍛えていて、物といえば食べ物くらいしか置かない。銀は色とりどりのペンキの缶を並べて、壁にたくさん絵を描いている。チビはさまざまな種類の道具を持ち込んで、小さな手で磨いている。でも使っているところは見たことがない。

道具や食べ物は外で調達する。太陽が昇りきらない朝のうちに。やがて昼になり、肉をあぶる火みたいに強い日差しが照りつけると、風通しのいい緑の家に戻って眠り、日が沈むのを待つ。夜は一日で一番涼しいから、できれば外に行きたい。けれど夜は大人たちがうろついているし、獣が襲ってくるかもしれない。そもそも持ち運べる明かりがないので、道に散らばった瓦礫《がれき》につまずいて転んでしまう。傷口からばい菌が入って死ぬのはいやだ。

居眠りしつつ暗い夜を乗り切って空が白みはじめると、獣の遠吠《とおぼ》えが小さくなる。立ち上がってても自分のつま先が見えるようになったら、活動開始だ。あたしはひとりで外に出て、まず木陰でうんちとおしっこをする。それから井戸の冷たい地下水で体を洗い、青黒く熟れた酸っぱいハユの実や太った卵白虫《らんぱくちゅう》なんかを探して朝ご飯に食べ、瓦礫の隙間を覗《のぞ》いて他の人が住んでいる家の前をあさり、めぼしい物を探した。あたしのお気に入りは「写真」と呼ばれるものだ。運がいいと、写真の上下や横のところに小さな字が書かれている「雑誌」の切れ端を見つけることもある。字は読めないけれど、「自転車」の写真つきの雑誌だともっと嬉《うれ》しい。あたしは自転車に憧《あこが》れてるから。

緑の家の外に本物の自転車がある。たった一台だけ、すぐ手の届くところに。色はピンク、夜が来る前のほんのわずかな瞬間、空の端を染めるあの美しい色と同じピンクだ。あたしはこの自転車に乗りたいと思っている。たぶん他の三人も同じだ。赤も銀もチビも、そわそわした視線の行方をたどればすぐにわかる。

だけどあたしたちの誰も、この自転車には乗れない。理由は乗ったことがないからじゃなくて、家にそって生い茂るカイブの太い枝がぎゅうぎゅうとからみつき、自転車を外せないからだ。あたしがこの家にたどり着いた時にはもうこの状態だった。きっとずっと昔に誰かがここに置きっぱなしにして、カイブが壁の一部と間違えてからみついたんだろう。大きな葉が日避《ひよ》けになって、自転車のピンク色は色あせずに、きれいなままだ。

もし頑丈な道具があれば、自転車を外せるかもしれない。だけどあたしはそんな道具持ってないし、正直、調達しようとはしなかった。本当のところ、あたしだけが自転車を手に入れたところを想像すると、抜け駆けしたみたいな、後ろめたい気持ちになるからだ。

自分でも変だと思う。だってあたしは赤も銀もチビも嫌いだ。あいつらが誰なのか知らないし、知りたい気にもならないし、近づきたくない。それなのに、自分の心がもやもやするのはとても嫌だった。なんだか卑怯《ひきょう》者になったみたいで。

あいつらの方は何を考えているだろう？　道具さえあればさっさと自転車をひとりじめしたかも。特に赤なんてあんなに筋肉を鍛えているんだから、本気を出せばカイブくらいどうってことないように思える。ただ、今のところ――少なくともあたしが緑の家に住んでから四九五回分の夜明けを見た今のところは――誰も、自転車に手を出さなかった。

いいんだ、自転車が自分だけのものじゃなくても。本物が近くにあるだけでわくわくするし、あたしには自転車の写真もある。拾ってきた切れ端は丁寧にしわをのばして箱にしまった。それで満足だった。

だけどある夜のこと、事件が起きた。

あたしのような子どもにとって、夜や暗い場所は危険だ。大人たちがあちこちをうろつき、物を壊したり、盗《と》ったりするからだ。もちろん怖くない大人もいるけど、そういう人は朝に会う人たちであって、夜にうろつくやつらじゃない。

その夜、大人たちは緑の家の前まで来て、大騒ぎをした。こんなことめったにないくらい激しく叫び、笑い、壁を叩《たた》いた。タララ、トララ、という銃声がすぐそばで聞こえる。あたしはできるだけ体を小さくして両手で耳をふさぎ、大人たちが早くどこかへ行ってしまうように願った。他の三人も同じように黙ってうずくまり、嵐が過ぎ去るのを待った。

やがて朝が来た。あたしたちは次々に外へ出て、真夜中に大人たちが何をしたのか、確かめた。テリトリーなんかすっかり頭から抜けていた。目に飛び込んできたのは、無残にちぎれたカイブの枝と、むしられて瓦礫の上に散らばった緑の葉っぱだけ。ピンク色の自転車はどこにも見当たらなかった。

あたしは猛烈に腹が立って、隣にいただけの赤に怒りをぶつけた。どうしてそんなに鍛えているのに大人たちをぶちのめさなかったんだ？　役立たず！　あたしははっきり口にした。赤に言葉は通じない、けれど意味はしっかり伝わったらしく、赤はあたしに摑《つか》みかかってきた。その拍子にあたしは地面に倒され、したたかに背中を打った。銀とチビが止めに入ったけれど、何が起きたのか、今度はそのふたりがけんかをはじめる。

最初から無視し合ってたあたしたちは、自転車を失って、ますます仲が悪くなった。無関心の方がまだましだった。赤が筋肉を鍛える時の息づかいも、銀のペンキのにおいも、チビがうろちょろするのも我慢できず、もう緑の家にはいられないと思うようになった。

明日《あした》には出て行こう。あてはないけど、日陰くらいはどこかに見つかるはずだ。そう誓った翌朝、ふいに空が暗くなり、大粒の雨が降ってきた。

ふくれて横になっていると、散策に出ていたらしいチビがずぶ濡《ぬ》れで戻ってくるのが見えた。チビの歩いた後に、黒っぽい足跡と長い紐《ひも》を引きずった跡がくっきりと残っている。毎日毎日がらくた集めをして、何が楽しいんだろう？　あたしはチビに背を向けて、雨粒が葉っぱを叩く音を聞きながら、目をつぶった。

すると、濡れた手で頬を叩《はた》かれ、あたしは起き上がった。すぐそばにはチビが立っている。おいお前、あたしのテリトリーに無断で入るな！　そう抗議してもチビはひるまない。大きな黒々とした瞳《ひとみ》でこちらを見つめ、手の中の太いふたつの紐を差し出してきた。

ひとつは、妙にぶよぶよとした黒い紐だ。意味がわからなくて首を傾げると、チビはだらんと垂れた紐の端と端をつけ、輪っかにした。あっ、と思わず声が出た。あたしは慌てて写真入れの箱を開けて、大切に仕舞っていた写真を取り出す。そこにはこの黒い輪っかとよく似たものが写っている。

タイヤだ。自転車のタイヤ。チビはあたしに、自転車を作ろうと言っているに違いない。

震える指で写真をさすと、チビは歯のない真っ黒な空っぽの口でにっかと笑った。

あたしは写真を持っているだけで、自転車の仕組みなんかまるで知らない。でもこうして、部品になりそうなものがふたつ目の前にあると、自分でも作れそうな気がしてくる。手招きされるまま、あたしはチビのテリトリーに入り、チビが集めに集めた道具を見せてもらった。のこぎりはあたしも知っているけど、ただの尖《とが》った細い棒や、はさみによく似た道具など、使い方のわからないものばかりだった。あたしとチビは自転車の写真を眺め、必要な部品を集めることにした。

とりあえず雨が止んでからだね。あたしがそう言うと、チビはふっと視線を逸《そ》らし、あたしの後ろを見た。銀と赤がこっちを見ていて、目が合うとすぐに顔を背けてしまった。チビはまた大きな瞳であたしに何か言おうとしている。わかってるよ、あのふたりにも協力してもらおうってんでしょ？

あたしはまず銀に頼むことにした。箱に入れた大切な写真と雑誌の切れ端を全部と、チビの黒い紐を見せて、身振り手振りで説明する。自転車に乗りたくない？　作ろう、きっと作れるよ。すると銀は、毛の生えてないつるっとした顔の眉間《みけん》のあたりにしわを寄せ、記事の字を指でとんとんと叩いた。そして妙にぽこぽことした発音で何か言った。もしかして銀には読めるの？　銀は青い唇の端だけで笑うと、赤のところへ向かった。

赤は腕を組んでむっつりしている。外見だけは一番あたしと似ているのに、話しかけるのは一番難しい。あたしは謝らなければならない。でもどうやって？　あたしが知ってるのは頭を下げるやり方だけど、もしかすると赤にとっては意味が違うかもしれない。まごついていると銀に背中を押され、あたしはそのままの勢いで頭を下げた。ごめん、とあたしは言った。ひどいことを言ってごめんなさい。

するとの赤は口をぎゅっとつぐんだまま立ち上がって、緑の家から出て行ってしまった。外はまだ雨が降り続いている。あたしはしばらくぼうっと、突き刺すように鋭く重い雨を眺めて、そして考えるよりも先に外へ駆け出していた。

小さな虫ほどもある巨大な雨粒が勢いよく肌に当たって、体中が痛い。まぶたの上に手をかざして目を守りながら、あたしは赤の姿を探した。自転車を作りたかったし、何よりも胸のあたりのもやもやを取り去れるのは、赤だけだとわかっていたから。

幅の狭い道を歩き、盛り上がったコンクリートの塊を乗り越え、服の中までびしょ濡れで体が冷えてきた頃、赤を見つけた。赤はよその家の茂みに手を突っ込んで、何かを掘り返している。あたしが声をかけると赤はちらっとこっちを見て、また探しものに戻った。あたしは怒鳴られなかったことにほっとしつつ、近づいてその手元をのぞき込んだ。

すると赤は泥だらけになった何かを手のひらに載せて、あたしに見せてくれた。四角いブロックがふたつ。そして間延びした発音で何か言う。意味は正確にわからないけれど、考えていることは雨が土にしみこむようにすんなりと理解できた——自転車のペダル。赤も自転車作りに加わってくれるみたいだ。

　こうしてあたしたちは自転車作りに取りかかった。

　朝の収集の時間に、あたしたちはめいめい、自転車の部品になりそうなものを探した。銀が雑誌の字を読み、絵に描いて説明してくれた構造を参考にして、瓦礫の下をあさり、汚れた水の底をさらい、親切な人と物々交換して、集めに集めた。とにかくたくさん必要だったのは太くて頑丈な筒だ。銀の肌みたいに輝く硬い筒、少しべたべたする黒い筒、軽いけど思い切り叩いてもひびすら入らない黄色の筒。これらを金属の板でつないでネジで留め、まずは自転車らしい形を作った。

　こまごました部品や、部品をつなぐための道具は、チビが日頃から収集していたがらくたがとても役に立った。これまでは、そんな小さな手じゃ使えないものばかり持ち込むなんてばかじゃないかと思っていたけれど、今はすべてが宝物だ。赤の大きくて力強い手に握られ、息を吹き返した道具たちに、チビは真っ黒い口を大きく開けて、ぼふんぼふんと不思議な笑い声を立てた。

　肝心の車輪や動力となるペダル、そしてチェーンを作るのは、かなり大変だった。チビが最初に拾った黒い紐は、一本はゴム製だったけれど、もう一本はただの布紐で、銀に代わりを見つけて来ないとダメだと言われた。しかし代わりはなく、結局ゴムの端切れを地道に集め、銀のペンキと交換で手に入れた接着剤を使って貼り合わせ、タイヤにした。タイヤの空気は、赤が髪と同じくらいに顔を真っ赤にして息を吹き込み、ぱんぱんにした。

ペダルと後ろの車輪に嚙《か》ませる歯車は、薄い金属の円盤の真ん中に穴を開け、二十四本のネジをぐるりと並べて作った。ネジを均等に並べるのには壊れた鳩時計の文字盤を使った。それから銀がネジとネジの間隔を棒を使って測り、頑丈で太い紐を等間隔に結んで連ね、ネジの歯車にうまく嚙み合うようにして、チェーンにした。歯車の穴に太い銀色の筒を差し込み、赤が土から掘り返したブロックを両側に留めて、ペダルが完成した。

あたし自身は何をしていたかって？　自転車の写真は役に立ったかもしれないけれど、字を読んで説明してくれたのは銀だ。あたしは赤がネジを回すのを手で支えたり、足りない部品を探し回ったり。だけどたいしたものは見つけられなかった。サドル代わりの薄汚れたクッションを見つけたのは銀だし、タイヤのホイール代わりのゴミ箱の蓋《ふた》は、チビが数日がかりで転がして持ち帰ったものだ。あたしは物探しの才能がないらしく、拾ってくる部品はたいてい役に立たなかった。

他の三人が集中して作業している間に、あたしは水を汲《く》んで緑の家に運び、いつでもみんなが飲めるようにした。ついでに食料も調達したけど、あたしの好物であるハユの実や卵白虫はみんなの口に合わないとはじめて知り、うんざりするようなマムネの幼生やトゥクの葉、ヒョートンパウロの樹液をこそげ取ってきた。そのうち、食料の調達は順番で全員がやるようになり、あたしが赤に代わってネジを回して留めたり、チビにいいものを見つけるコツを教わったりした。

どうしても構造がわからず、材料も見つからなかったのは、「ブレーキ」というものだった。けど、足で止めれば大丈夫だろう。

自転車をつくりはじめてからどれくらいの夜が訪れただろうか。空気が少しだけ涼しくなり、ハユよりもドートの実が美味《おい》しくなる頃を過ぎ、また乾いた熱風が吹いた。ある晩、あたしはふいに目が覚めた。遠くでカラスが鳴き、カイブの壁から虫の声が聞こえてくる。横ではチビと赤が眠り、足下には見張り当番の銀がうつらうつらして、長い銀髪が揺れていた。あたしはそっと上半身を起こした。重なり合う葉っぱの隙間から月明かりが漏れ、家の中とあたしたちをまるごと青く照らす。

あたしたちは緑の家の真ん中で、獣の家族みたいに固まって眠っている。床に引いたチョークの線はいつのまにか、ほとんど消えていた。その代わりに以前のテリトリーの間を行ったり来たりする大きさの違う足跡が、数え切れないほど続いている。そしてその先には完成間近の自転車が、青白く輝いていた。

やがてその日が来た。

自転車はとても醜かった。写真のかっこいい自転車とも、あの夜大人たちに奪われたピンクの自転車とも違って、すごく不格好だった。ハンドルの高さと長さは左右で違うし、サドルは大きすぎ、車輪はつぎはぎだらけだ。部品の色もぐちゃぐちゃで、ペダルを回すとチェーン代わりの紐が悲鳴を上げる。とてもひどい。でもあたしはこの自転車が好きだ。

銀が細い手でハンドルに触れ、ぎゅっと握る。そしておもむろに前へ押し出し、自転車はかたかたと音を立てながら、思ったよりもなめらかに進んだ。あたしたちはお互いの顔を見合ってから、銀と自転車の後に続いた。できるだけ瓦礫の少ない道を選んでいるうちに、あたしたちは川に出た。雨水は茶色く汚れ、虫やカエルがたくさん捕れる。

川べりに立ったあたしたちの自転車は朝日を反射して、何度まばたきしても眩《まばゆ》かった。すると、てっきりはじめに乗るんだろうと思っていた銀が振り返って、細い草を四本抜き、くじを作った。あたしが震える指でつまんだくじの先っぽには、丸い結び目があった。あたりだ。

うっかり自転車を壊さないように慎重にまたがって、サドルに腰を下ろす。自転車の乗り方は写真で見たけれど、ペダルに両足を乗せようとすると、ぐらぐらして転びそうになった。こんなに難しいなんて！　何度も挑戦しては右に左に傾き、みんなの視線を感じた。どうしよう。早く乗れよと思っているかも、下手クソと思っているかも。

じわじわと溜《たま》る涙を堪《こら》えながら、もう一度右足をペダルに乗せる。そして地面から左足を離したその瞬間、急に体が安定した。赤があたしの肩を、銀がハンドルをしっかり支えてくれている。そして自転車の先にはチビが手を振って、こっちだよと招いている。

あたしはゆっくりと両足を踏み、ペダルを漕《こ》いだ。車輪が軋《きし》みながら転がる。赤と銀があたしの体を支えたまま一緒に進む。わかったのは、おそるおそるより思い切って漕いだ方が転ばないということだ。あたしは次第に怖くなくなり、ぐんぐんペダルを漕いだ。気がつくと赤と銀の手が離れ、チビを追い抜き、あたしはひとりで自転車に乗っていた。

ものすごいスピードで風景が動く。足で走るよりも速く、足下の茂みが、石ころが、鬱《うつ》蒼《そう》と茂る木々が、あっという間に通りすぎ、風が頬を撫《な》で、服や髪をあおってはばたばたと音が立った。サドルの座り心地は悪く、全身ががたがたと揺さぶられるけど、まるで気にならなかった。こんなに速く動いているのに、息が切れていない。

あたしの体の奥底から笑い声があふれ出て、茂みの前を横切ると、緑の小鳥が弾むように飛んできた。小さな翼であたしの頭の上を一周して、風に乗って遠くまで飛んでいく。つられて空を仰げば、朝のやわらかな青色に浮かぶ、ピンク色を帯びた細長い雲が、あたしのスピードに合わせてついてきた。

その時、後ろからみんなの叫び声がして、あっという間もなく転んでしまった。やっぱりちゃんとブレーキを作るべきだったのかもしれない。あたしはまともに横倒しになった。慌てて自転車を起こしてみると、自転車はほとんど無傷だった。不格好な自転車は平然として、誰よりもたくましく見えた。

今度は銀が自転車にまたがり、あたしと赤が支えて、銀は出発した。太陽の光で彼女の体がきらきら光り、自転車とまるでひとつになったみたいだった。最後は赤がチビを背中に負ぶって、自転車を漕いだ。

風に木々の梢《こずえ》が揺れ、幹に絡まったカイブの葉っぱがさらさらとこすれ合う。タイヤが川沿いのぬかるみに轍《わだち》を作り、泥をはね、きゅうきゅうとペダルが鳴き、チェーンが軋んで、みんなの笑い声が重なると、聞いたことがないほど美しい音楽になった。

あたしたちは緑の家よりもずっとずっと遠くまで行ける。行ったことのない場所へ行けるなんて、想像しただけで胸がどきどきした。

だからこそあたしはやらなければならないことを思いついた。

チビが赤の肩に乗って戻ってきた時、あたしは言った。今度はチビのサイズに合う自転車を作ろう、と。だってチビはまだ自分でペダルを漕いでいないから。言葉はまだ正確には伝わらないけど、ひとつふたつ手振りを加えれば、チビは大きな目をもっと見開いて、ちょっと不安げにあたしと自転車を交互に見比べた。

本当に？　一台だけでこんなに大変だったのに、もう一台？

大丈夫、何台でもできるよ。あたしはそう言った。だってあたしたちはもう、本物の自転車を作ったことがあるんだから。

初　出

海
〈note〉2019年10月31日

髪を編む
「PHPスペシャル」2014年7月号

空へ昇る
集英社文庫編集部編『短編宇宙』(集英社文庫) 2021年1月25日

耳に残るは
未発表　2013年3月18日執筆

贈り物
井上雅彦監修『ギフト 異形コレクションLⅢ』(光文社文庫) 2022年4月20日

プール
「ミステリーズ! vol.97」OCTOBER 2019

御倉館に収蔵された12のマイクロノベル
〈Twitter〉2021年2月1日〜3月24日

イースター・エッグに惑う春
「小説屋sari-sari」2015年7月号

カドクラさん
「飛ぶ教室 第58号」2019年夏

本泥棒を呪う者は
書き下ろし

緑の子どもたち
「飛ぶ教室 第50号」2017年夏

深緑野分（ふかみどり　のわき）
1983年神奈川県生まれ。2010年「オーブランの少女」が第７回ミステリーズ！新人賞佳作に入選。13年、入選作を表題作とした短編集でデビュー。他の著書に『戦場のコックたち』『分かれ道ノストラダムス』『ベルリンは晴れているか』『この本を盗む者は』『カミサマはそういない』『スタッフロール』がある。

空想《くうそう》の海《うみ》

2023年５月26日　初版発行

著者／深緑《ふかみどり》野《の》分《わき》

発行者／山下直久

発行／株式会社KADOKAWA
〒102-8177　東京都千代田区富士見2-13-3
電話　0570-002-301(ナビダイヤル)

印刷所／旭印刷株式会社

製本所／本間製本株式会社

●お問い合わせ
https://www.kadokawa.co.jp/（「お問い合わせ」へお進みください）
※内容によっては、お答えできない場合があります。
※サポートは日本国内のみとさせていただきます。
※Japanese text only

定価はカバーに表示してあります。

ISBN 978-4-04-113015-5　C0093